小米开花

付秀莹

著

四川人民出版社

图书在版编目（CIP）数据

小米开花 / 付秀莹著. —— 成都：四川人民出版社，
2025. 1. —— ISBN 978－7－220－13961－1

Ⅰ. I247. 7

中国国家版本馆 CIP 数据核字第 2024PM8949 号

XIAOMI KAIHUA

小米开花

付秀莹　著

责任编辑	唐　婧　彭梓君
责任校对	申婷婷
封面设计	张　科
内文设计	张迪茗
责任印制	祝　健
出版发行	四川人民出版社（成都三色路 238 号）
网　　址	http://www.scpph.com
E-mail	scrmcbs@sina.com
新浪微博	@四川人民出版社
微信公众号	四川人民出版社
发行部业务电话	（028）86361653　86361656
防盗版举报电话	（028）86361653
照　　排	四川胜翔数码印务设计有限公司
印　　刷	成都国图广告印务有限公司
成品尺寸	143mm×210mm
印　　张	8.75
字　　数	140 千
版　　次	2025 年 1 月第 1 版
印　　次	2025 年 1 月第 1 次印刷
书　　号	ISBN 978－7－220－13961－1
定　　价	48.00 元

小 米 开 花

目　录
CONTENTS

「小 米 开 花」

说实话，很小的时候，小米就想象过自己有朝一日坐月子的情景。小米这么想完全是因为受了嫂子的启发。嫂子自从有一天从村南碰有家回来，一句话不说，就软绵绵歪在炕上了。碰有是庄上的先生，开着一间药铺子。这地方的人管医生不叫医生，也不叫大夫，叫先生。小米至今记得嫂子慢悠悠走进院子的情景。娘跟在后头，样子看上去又着急，又欢喜，着急又欢喜。她的身子往前仆着，脚步走得挺凌乱，挺没章法，嘴里念念有词，像是在骂人。小米愣了半晌，才从东屋门槛上咚的一声跳下来，她听见娘骂的是哥哥。兔崽子，臭小子，街门上的柴火也不收拾好，办事一点都不牢靠，还想当爹哩……小米看见这个时候嫂子的脸是红的，眼皮子向下耷着，下巴颏却是朝上扬着的。当天晚上，家里的那只芦花鸡就变成了热气腾腾的汤，盛进了嫂子的碗里。

那时候，小米在旁边一边咽着口水一边想，怀娃娃真好。也就是从那个时候开始，小米对未来的坐月子充满了憧憬。

小米人不丑。这是娘给她下的评语。小米对这个评语不满意。怎么说呢，娘就是这样，对自家的闺女横挑鼻子竖挑眼，怎么看都不对。对人家的呢，倒是宽宏的，厚道的，不吝赞美的。比方说吧，在街上见了人家抱的孩子，就说，看这小子，生得多排场！说着还凑上去捏捏人家的脸蛋子。村西头娶了新媳妇，跑过去看了，回来称赞，这媳妇，眼睛毛茸茸的，欢实得很。小米有时候就不大服气，觉得娘的眼光有问题。

就说嫂子吧。嫂子是从司家庄嫁过来的。嫂子从进门的那一天起，就让小米不大痛快。其实，这事还得从娘说起。早在嫂子嫁过来之前，娘就一口一个俊子挂在嘴上。人家一只脚门里，一只脚门外，还指不定是谁家人哩。看把娘美得。俊子其实也不俊，只是人生得丰满，皮肤又白，就像刚出锅的白馒头，热腾腾，透着一股子喜气。娘私下里说，媳妇就要娶这样的，兴家呢。

爹听了这话没吭声，只是很不自在地把烟锅在脚底板上磕了几下。

嫂子娘家家境不错，这一来，就多少有些下嫁的意思。嫂子倒还好，娘就有些沉不住气。在媳妇面前心虚得很。说话，做事，都觑着媳妇的脸色。小米很看不惯娘这个样子。后来嫂子生了侄子，娘在媳妇面前就越发低伏了。乡间有这么一句话，媳妇越做越大，闺女越做越小。看来是对的。有时候，饭桌上，看着爹娘亲亲热热地逗侄子，小米心里就没来由地酸起来。娘是一个粗枝大叶的人，爱说笑话。在孙子面前，更是容易忘形。她挤着眼睛，做着各种各色的怪样子，嘴里不停地叫着——也听不出是在叫什么，然而嫂子怀里的胖小子却笑了，露出一嘴粉红色的牙床子。娘的兴致更高了。爹也笑。爹是一个木讷的人，平日里总是沉默的，这个时候，那张被日光晒得黑红的脸膛就生动起来，有了一种奇异的光芒。此时，小米心里是委屈的。觉着爹娘不是自己的爹娘了。家也不是原来那个家了。原来那个家，温暖，随意，理所当然。她是爹娘的老闺女，撒娇，使性子，要赖皮，怎么样都是好的。还有哥哥。哥哥一向疼她，可自从嫂子进门，哥哥就不一样了。无论在哪里，什么时候，哥哥的眼睛老是离不开嫂子。有一回，哥哥和嫂子正说着话，叽叽咕咕的，嫂子没来由地红了脸。哥哥抬起手，把嫂子额前掉下来的那绺碎发捋到耳后。只这一下，小米心里就酸酸地疼起来。

侄子出世了。家里更多了一种欢腾的气息。到处都是小孩子的东西。捏起来吱吱叫的小鸭子，小拨浪鼓，五彩的气球，花花绿绿的尿片子。小米觉得家里简直没有了她的位置。嫂子喂奶的时候，娘和哥哥一边一个，给正在吃奶的小人儿喊着号子鼓劲。小米把帘子啪地一下摔在身后，珠串的帘子就惊慌失措地荡过来荡过去，半天定不下神来。娘在身后骂了一句，这死妮子，看把孩子给吓着。

阳光满满地铺了一院子。风一吹，蝉鸣就悠悠地落下来，鸡笼子旁，豆角架上，半笸箩豆子里，挤挤挨挨的，都是。小米把眼睛眯起来，无数个金粒子在她眼前跳来跳去。她忽然感到百无聊赖，就去找二霞。

二霞正在午睡。听见动静就睁开眼来，用手拍拍身旁的凉席，招呼小米躺下。小米就躺下来。二霞穿一件窄窄的小衫子，侧着身子躺着。小米忽然发现她跟以前不一样了。她的胸前突出来，腰是腰，屁股是屁股，让人看一眼就心慌意乱。小米看着二霞，觉得眼前这个二霞不是原来那个二霞了。这个二霞是陌生的，让她感到莫名地慌乱和忸怩。

晚上，洗澡的时候，小米偷偷察看了自己的胸脯。她惊讶地发现，它们不知道什么时候开始微微肿起来了，像花苞，静悄悄地绽放。小米看一回，又看了一回，心里涨得满满的，仿佛马上就要破裂了。

家里照常是一片欢腾。小家伙咿咿呀呀地嘟哝着，会咯咯笑了。笑得口水都流下来，亮晶晶地挂在嘴角。可是小米不关心这个。

这些日子，小米只关心一件事：去二霞家。

二霞在县城的地毯厂上过班，在小米眼里，算是见过世面的人。其实满打满算，二霞在县城才待了半年。后来地毯厂倒闭了，她的上班岁月也就仓促结束了。可是这并不妨碍二霞的眼光。小米一直认为，二霞是有眼光的。二霞给小米讲了很多新鲜事。这些事小米以前都没有听过。二霞问小米来了吗？小米困惑地看着她，不知道她在说什么。来了吗——谁？二霞就吃吃笑起来，笑得小米心里有些恼火。刚要发作，二霞又说，不来，就生不了孩子。小米心里咯噔一下子。看来坐月子也不是那么简单的事。

夏天的中午，寂静，悠长。小米和二霞歪在炕上咬耳朵。二霞了不得，知道的真多。小米听得脸上红红的，一颗心跳得扑通扑通的。后来，小米就把脸埋在被单子里，一双耳朵却尖起来，听二霞说话。听着听着，小米就走了神。二霞拿胳膊肘戳戳她，她才猛地吃一惊，把漫无边际的一颗心思拽回来。

回到家，娘刚把饭桌摆出来。哥哥嫂子还在屋里磨蹭。爹蹲在脸盆旁哗啦哗啦地洗手。娘冲着东屋喊了一声哥哥，说快别磨蹭了，吃饭。小米看了一眼东屋的窗子，里面静悄悄的，孩子大约是睡了。娘又小声嘀咕一句，磨蹭。小米的心忽然就跳了一下。幸好是傍晚，院子里，天色已经暗下来了。小米知道自己走了神，在心里骂了自己一句，狠狠地咬了一口馒头。哥哥嫂子吃完饭，就一前一后地回屋了。小米想，刚才磨蹭，现在，倒走得怪急。娘叮叮当当地洗着碗，一边敷衍着在脚边转来转去的大黄狗。爹站在丝瓜架下面，察看着丝瓜的长势。小米又看了一眼东屋的窗子，窗帘已经拉上了，水红的底子上撒满了淡粉的小花，白天看倒不起眼，晚上，经了灯光的映射，竟有几分生动了。小米轻轻叹了口气。

晚上，小米就睡不着了。外屋，爹娘还在说话，有一句没一句的。有时候，好长一阵子静寂，忽然爹咳嗽起来，娘就嘟哝一句，像是抱怨，又像是心疼。月光透过窗户照过来，水银一般，半张炕就在这水银里一漾一漾的。小米闭眼躺着，一颗心像雨后刚开的南瓜花，毛茸茸，湿漉漉，让人奈何不得。小米脑子里乱糟糟的。她想起嫂子刚进门的时候。那时候，娘最常说的一句话就是，别有事没事往东屋里钻。小米心里就愤愤的。凭啥？东屋多好！里里外外都是新的，满眼都是光华。东屋。现在，夜深了，东屋……小米不敢想下去了。

这些日子，小米忽然就沉默了。她常常一个人呆呆地坐着，望着某个地方，一坐就是半天。有好几回，她择菜，好豆角扔了，把满是虫眼的倒留下来。摘西红柿，低头一看，篮子里都是青蛋蛋。娘没看见。她不会注意这些。爹也是。那个胖小子一天一个样子，家里的气氛是欢腾的，喧闹的，热烈的，大家的心都被成长的喜悦涨满了。小米默默地把豆角捡回来，把一篮子青蛋蛋剁碎，扔给鸡们。鸡们神情复杂地啄了一下，跑了。小米拿起一个青蛋蛋咬了一口，酸，而且涩。小米不由得咧了咧嘴。

　　那天，是个傍晚吧。小米去二霞家。二霞家早吃过了晚饭。她爹娘都不在，一定是去听戏了。村东六指家老了人，从镇上请了戏。这地方红白事都要唱戏。戏台子上，盛装的几个人咿咿呀呀地唱着，台下，是熙熙攘攘的村人。戏腔，小孩子的锐叫，咳嗽声，葵花子的叫卖声，此起彼伏，把儿孙们的悲伤都给淹没了。也有小孩子不愿意看戏，他们宁肯看电视。二霞也在看电视，见了小米，也不打声招呼，只管自己看。小米站了一会儿，就想走。二霞忽然说，别走啊小米。小米就停下来，等着二霞的下文。二霞说，咱玩个游戏吧——电视也没意思。

　　刚打过麦，麦秸垛一堆一堆的，像一朵朵盛开的蘑菇，在夜色中发出暗淡的银光。空气里流荡着一股子庄稼成熟的气息，湿润，香甜，夹杂着些许腐败的味道。二霞走在前面，小米在后面跟着。小米的后面，是胖涛。胖涛是二霞弟弟，小时候胖得不成体统，人们都叫他胖涛。小米听见胖涛呼哧呼哧的喘气声，二霞，去哪儿啊？胖涛从来不叫二霞姐姐，他叫二霞。二霞不说话，只是低头走路。小米说，二霞……这时候二霞在一个麦秸垛前面站住了。麦秸垛像一只大馒头，已经被人掏走一块。二霞指挥着小米和胖涛钻进那个窝窝里，她说，现在，游戏开始了。小米看了一眼懵懂的胖涛，心里有什么地方呼啦一下子亮了一下，她的心咚咚地跳起来。二霞说，来，这样。她让胖涛把裤衩脱下来，胖涛很不情愿，嘟哝了几句。二霞就劝他，许诺把自己那只电子表给他玩几天。胖涛就依了。

夜色朦胧，小米还是看清了胖涛的小雀子，它瘦小，绵软，青白，可怜巴巴。小米心里想笑，却不敢。一阵激烈的锣鼓声隐约传来，唱的是《卷席筒》。一个女声正在哭唱：兄弟——兄弟——呀。小米不敢看二霞，她瑟缩地低下头，说回家了，天……不早了……

小米躺在黑影里，看着风把窗帘的一角撩拨来撩拨去，心里乱糟糟的，烦得很。她老是想着晚上的事。麦秸垛。浓郁的干草味。二霞闪闪发光的眼睛。胖涛的小雀子，可怜巴巴的小雀子。兄弟——兄弟——呀，《卷席筒》里嫂嫂的唱腔悲切动人。小米心想，二霞是不是生气了？私心里，她对二霞有那么一点——叫惧怕也好，二霞是成熟的，吸引人的，在言语和行为上，有主导性的。而且，二霞有见识。在二霞面前，小米愿意服从。

可是，今天不一样。小米感觉今天的二霞有点陌生。二霞的声音，神情，甚至，二霞的沉默，都有一种令她感到陌生的东西，陌生，然而又有一种无法抗拒的吸引。还有恐惧，因为陌生带来的恐惧，以及对未知事物的天然拒斥。小米想起二霞的话。那些个午后，寂寞，肥沃，辽阔，无边无际。二霞的话像一粒粒种子，撒下去，就开出花来了。空气里是一种很特别的气息，娇娆，湿润，黏稠，蓬勃，让人喘不过气来。黑暗中，小米的脸一点一点烧起来了。她拿手捂住脸，发觉手心里湿漉漉的，都是汗。这时候，她才感觉两只手由于紧张用力而酸麻了。风掀起窗帘的一角，夜空幽深，黑暗。月亮不知躲到哪里去了。

　　第二天早上，小米起得很晚。爹娘叫了几遍，见没有应答，就由她去了。太阳都一房子高的时候，小米才苍白着一张脸出来。嫂子已经吃完了，正在给孩子喂奶。想必又是娘抱孩子，让嫂子先吃。这时候娘正端了一碗粥，一边喝一边逗孩子。见了小米，说这闺女，长懒筋了。小米不说话。她拿起一块馒头，慢慢地咬起来。孩子在嫂子怀里奋力地吃着奶，吭哧吭哧，能清晰地听见吞咽的声音。嫂子的奶水真足。小米想。这声音令小米很难堪。她看了一眼哥哥，哥哥正把头凑过去，轻轻刮着小家伙的鼻子。小米注意到，嫂子的乳房饱满，肥白，奶水充盈，一条条淡蓝色的血管很清晰地现出来。有时候孩子不留神，紫红色的硕大的乳头就会从那张粉嫩的小嘴里滑出来，只一闪，又被孩子敏捷地逮住了。小米看了一眼爹。爹坐在丝瓜架下抽烟，一副目不斜视的样子。小米把一片莴苣叶子卷起来，蘸了一下碗里的酱。小米喜欢莴苣，碧绿，水灵，看一眼就想吃。这时候，嫂子忽然惊叫一声，说这坏小子，疼死人了。一边说，一边作势拍了一下孩子的屁股。哥哥嘴里咝咝地吸着冷气，娘却笑了，说这小子。语气分明是自豪的。爹剧烈地咳嗽起来，止也止不住。一只白翎仔鸡涎着脸凑过来，明目张胆地啄着南瓜叶子。爹嘴里哦秋哦秋地赶着，一时忘了咳嗽。

阳光从树枝的缝隙里漏下来，一点一点地，在地上画出不成样子的图案。小米把手伸出去，让一个亮亮的光斑落进手掌心里，然后，忽然把手掌合拢来，像是怕那个光斑溜走了。拳头上就亮闪闪的，像一只眼睛，眨呀眨。影壁前面传来索拉索拉的声音，娘在簸玉米。如今，玉米是稀罕物，通常是不吃的，只是有时候馋了，白面馒头也吃得不耐烦了，人们会仔细挑了粮食，细细磨了，蒸饼子，或者打白粥，都是新鲜的。娘簸玉米的样子很娴熟，一下一下，节奏分明。影子在地上一伸一缩，大黄狗在旁半卧着，看着看着就出了神。嫂子抱着孩子串门去了，家里一下子安静下来。爹去打棉花杈子。哥哥也不知到哪里去了。哥哥向是这样。用娘的话说，是个媳妇迷。村里的壮劳力们大都出去打工了，哥哥没去。当然，也可能是嫂子不让去。总之，哥哥不去，做爹娘的也不好说什么。小两口整天黏在一处，人们都说，看人家小伙，岁数不大，倒懂得疼媳妇。一阵风吹过来，有一片阳光掉进小米的眼睛里，小米闭了闭眼。娘在簸玉米。这时候她停下来，擦了一把额头的汗。院子里很静，小米很想跟娘说点什么，可是想了想，又不知道说什么。小米看了一眼娘的脸，一绺汗湿的头发掉下来，随着她的动作一跳一跳。

吃完饭，小米睡午觉。小米躺在炕上，电扇嘤嘤嗡嗡地唱着，把身上的单子吹得一张一翕。小米闭上眼睛，酝酿着睡觉的事。

这是一明一暗的房子，爹娘睡外间，小米睡里间。平日里，小米是个头一沾枕头就睡的人，雷打都轰不动。可是现在不行了。现在，小米发现，睡觉是一件很折磨人的事情。有时候，小米会突然惊醒过来，尖起耳朵。周围一片静寂，整个村庄仿佛都睡去了。外间屋传来爹的鼾声，偶尔，娘也磨牙，模模糊糊地说一句梦话。小米躺在黑影里，感到自己的脸慢慢烧了起来。

已经有阵子不见二霞了。其实，有好几回，小米的脚都开始往二霞家的方向走了，心底里忽然就探出一个东西，像缠人的瓜蔓，把脚给绊住了。小米拿自己没办法，想了想，就去地里摘甜瓜。

这地方，人们把甜瓜种在棉田里，叫套种。收花和吃瓜，两不耽误。村外的土路上坑坑洼洼的，深深浅浅的车辙把路面切割得不成样子。机器收割的麦茬齐斩斩的，已经有泼辣的玉米苗在风里摇头晃脑了。路两旁，田地里搭起了各式各样的简易房，它们在乡村的风中站立着，简单，潦草，漫不经心。房前房后抻起了绳子，晾晒着各色衣物。这是村里人家的养鸡场。周围很静，偶尔有母鸡咯咯地叫两声，引得一片鸡鸣，热烈地应和着。小米抬头看了一眼天边，太阳正慢慢地向西天坠下去。浅紫色的云彩在树梢上铺展开来，房子，树木，田野，人，都被染上一层深深浅浅的颜色。田边的垄沟上，零星开着几处野花，多是很干净的淡粉色，也有深紫的，吐着嫩黄的蕊子，很热烈，也很寂寞。小米不由得蹲下来，想掐一朵在手里，踌躇了一时，终于没有忍心。

天色渐渐暗下来了。远远地，一个人影慢慢从河堤下面升上来。逆着天光，小米只能看清来人的轮廓。这个人高大，黝黑，像黄昏中一座移动的铁塔。小米，你在这里，做什么？小米这才看清铁塔是村西的建社舅。建社舅是外地人，村里的上门女婿，论起来，算是娘的堂兄弟。小米看了一眼建社舅，他背了一只大筐，里面是堆尖的青草，颤颤巍巍的，很危险的样子。建社舅小心地把草筐卸下来，放在地上，有几蓬青草掉下来，滚到小米的脚边。建社舅说热，真热，一边把身上的背心脱下来，快速地扇着。小米看了一眼他的肚子，圆鼓鼓的，像扣了个大面盆。小米就笑起来。小米穿了一条布裙子，浅米白的底子，上面撒满了鹅黄色的花瓣。建社舅看了她一眼，说，米啊，建社舅给你打个谜，看你猜出猜不出。小米说那你说。建社舅把汗淋淋的背心甩在肩膀上，从筐里拽出一根草，把它弯成一个圆，说这是啥？小米说还用问，傻瓜都知道。建社舅又从筐里拽出

一根草，说，这个呢？小米扑哧一下笑了，草呗。建社
舅也笑了一下，说傻。他把这根草从那个圆里穿过去，
说，这个呢？小米想了想，说，这个，啥都不是。建社
舅把那根草在圆里来来回回地穿进来，穿出去，穿出
去，穿进来。他看着小米的脸，手下的动作越来越快。
这个呢？小米感觉他的样子很滑稽，忍不住笑了。天色
正一点一点黯淡下来，田野里，渐渐腾起一层薄薄的雾
气，夹杂着庄稼汁水的青涩气息。远远的，村子上空升
起淡青色的炊烟，和茂密的树梢缠绕在一起。建社舅，
回家了。建社舅不说话，他站在那里，手里拿着那两根
青草。建社舅今天有点怪。小米想。她不想理他了。她
要回家了。

　　暮色从四面八方涌过来，一点一点把小米包围。小
米看了一眼树桩一样的建社舅，转身往回走。小米。树
桩的声音从暮霭中穿过来，小米听得出他声音的不平
常。她忽然有些害怕，撒腿就跑。

　　小米醒来的时候已经很晚了。太阳透过槐树的枝丫
照过来，在窗户上描出婆娑的影子，画一般。小米听见
院子里有人说话。

　　姐，吃了？

建社舅！小米感觉自己马上变得僵硬起来。娘说吃了，建社你坐。

这天，也不下雨。

可不是，干透了都。青改还壮吧？几个月？

八个多。

快到时候了。

可不。

这一晃。

建社舅打了个哈欠，问米哩？

这闺女，长懒筋啦。娘在哗啦哗啦地洗衣裳。还睡哩。米——小米。

建社舅说睡呗，有啥事。

小米忽然一下子就从炕上坐起来。拿手指拢了一把头发，噌噌两步就打开门，把帘子撩起来。院子里的人都没防备，吃了一惊。小米靠在门框上，一只脚门里，一只脚门外，阳光打在她的脸上，一跳一跳的，看不清她的表情。这闺女。娘嘟哝了一句，又低下头摆弄盆里的衣服。建社舅脸上讪讪的，一时没了话题。一只板凳横在门口，小米飞起一脚，把它踢个仰八叉。正在闭目养神的芦花鸡吓了一跳，嘴里咕咕叫着，张皇地走开

去。招你惹你了？这闺女。小米不吭声，往盆里舀了
水，哗啦哗啦洗脸。建社舅说那啥，待会子说是收鸡蛋
的来，我回去盯着点儿。娘说你忙，也叫青改过来坐
坐，老闷家里。建社舅答应着往外走，小米洗完脸，抓
起脸盆，哗啦一下泼出去，建社舅的裤脚就湿了半截。
这闺女，怎么就没个谱？娘歪着头，使劲拧着衣裳，嘴
巴咧得很开。老大不小了都。

　　这程子，小米心里老想着建社舅的那两根青草。想
着想着就走了神。有一回，一家人吃晚饭，电视开着，
是一个没头没尾的电视剧。男人和女人在说话，说着说
着就抱在了一起，开始亲嘴。他们亲得很慢，很细致，
像是要把对方的五脏六腑都吸出来。小米心里有些紧
张。她盼望电视里的人快点停下来。电视里的人却越来
越有耐心，他们像两株蔓生的植物，彼此缠绕在一起，
越缠越紧。小米不敢看了，她感觉手心里湿漉漉的都是
汗水。屋子里的气氛也慢慢变了。有那么一会儿，大家
停止了聊天，谁都不说话。电视里的人继续亲着，男人
开始脱女人的衣服。屋子里静极了，只听见电视里的喘
息声和模模糊糊的呢喃。小米感觉时间像是凝滞了，她
木木地吃着饭，全然吃不出一点滋味。这时候爹终于站

起来，他重重地咳嗽了一声，说这蚊子，挺厉害。他准备去拿蚊香了，可是又停下来，对着娘说，还有吧，蚊香？娘回头看了爹一眼，就起身到抽屉里找蚊香。抽屉乒乒乓乓开合的声音，把电视里的声音淹没了。哥哥回过头来，看了娘一眼，小米注意到，这一眼里似乎有些愠怒。趁着乱，小米走出屋子，装作上厕所的样子。一阵风吹过，院子弥漫着树木和蔬菜的气息，夹杂着人家的饭菜的香味。小米一直找不到借口出来，她怕大家知道她的害羞。害羞，就是懂了的意思。小米不愿意让家里人知道，她不好意思。回到屋里的时候，电视上一切都过去了。画面上，是繁华的城市街道，阳光明媚，来来往往的行人，车辆，还有轻松的音乐。小米心里像有一根紧绷的弦，一下子松弛下来。一家人也恢复了正常，有一搭没一搭地聊着天，气氛轻松。黏稠的空气开始慢慢流动。大家都暗暗舒了一口气。爹终于没有把蚊香点上。此刻，他神情自在，不慌不忙地卷着旱烟。

邻村四九逢集，一大早，娘就张罗着赶集的事。青改拖着笨重的身子走过来，娘见了，赶忙让她坐。青改却不坐，她站在那，一手扶着腰，一手扶着已经显山露水的肚子，两只脚分开来，像一个志得意满的将军。娘说累吧？青改说还好，就是脚肿得厉害，说着就让娘看她的脚脖子。小米看着青改艰难弯腰的笨拙样子，心里忽然有个地方疼了一下。她想起了建社舅的那两根青草。我怀小米那会，腿都肿了，一摁一个坑。小伏就没事。都说闺女养娘，这话也不能全信。青改说噢，建社倒是盼小子呢。娘去赶集了，青改并不走。小米正不知道该怎么办，嫂子抱着孩子出来了，叫青改姨，亲亲热热地打着招呼。小米趁机溜出来，把青改留给了嫂子。

　　小米发现自己来事是在快中秋的时候。有一回，也是吃饭，小米站起来盛粥，回来看见板凳上有暗红的颜色，她心里一惊。她想起了二霞的话。这是来了。小米想。她装作若无其事的样子，继续吃饭，心里却是慌乱的，扑通扑通跳得厉害。她不想把这事告诉娘。娘正专心致志地拿勺子一点一点把蛋黄往孙子嘴里抹，小家伙吧嗒吧嗒地吃得很香。小米故意磨磨蹭蹭吃到最后，等大家都走开了，趁着娘去水缸舀水，小米飞快地把板凳面靠墙放好，跑进自己屋子里。

　　对于这件事，小米不是没有思想准备。该知道的，二霞都说给她听了。可是事到临头，小米还是有点措手不及。有一回，嫂子在厕所里喊她，她知道嫂子是忘了带纸，就撕了手纸送过去。嫂子却说不是，不是这个。小米歪着头想了一会儿，也没想明白嫂子要什么。嫂子说，你去我屋里——抽屉里有。小米在嫂子抽屉里翻了半天，里面只有一包东西，还没有打开，淡粉色的底子上，有一个女人。女人很好看，一双眼睛似睡非睡。小米就拿了这包东西给嫂子送过去，嫂子接过来，忽然红了脸。小米就对这东西留了心。后来她才知道了那东西的用处。

小米关在屋里，费了好长时间才把自己收拾妥当。娘在外面喊她，小米，囫囵馒头啃成这样——还吃不吃了？

天气说冷就冷了。农历十月，有个十月庙，这地方的人很看重这个十月庙。庙就是村东的土地庙，其实是一间不起眼的小房子。香火却盛。说是土地庙，在村人眼里，就有了象征的意思。乡下人，对这种事是很虔诚的。谁家有了坎坷，都要来庙里拜一拜。求医问药，占卜吉凶，测问祸福，少不了要来烧一炷香。逢年过节，庙里就更热闹了。每年的十月庙，排场是很大的。村里请了戏班子，唱戏，七天七夜，引得邻村的人们都过来看。一些小摊子就在庙会上摆出来，主要是吃食：瓜子花生，新鲜果木，馃子豆脑，驴肉烧饼，油炸糕。到处香气扑鼻，热气腾腾，整个村子像过年一样热闹。

只有小米例外。

怎么说呢？无论如何，小米是有些变了。小米是个有秘密的人了。小米的秘密不仅仅在二霞和胖涛，也不在建社舅，还有他手中的那两根草，当然也不仅仅是她"来了"。小米的秘密在于，她眼睛里的世界不一样了，或者说，她看世界的眼光不一样了。从前，在小米的眼睛里，世界是简单的，清澈，透明，一眼看到底。可是，现在不一样了。有一天，小米出门看见大黄狗正在和建社舅家的黑狗纠缠，缠着缠着就缠到一处了，腿对着腿，不可开交的样子。小米的脸腾地一下就热了。她看看四周无人，捡起一块土坷垃就扔过去。两条狗却不理会，仍专心致志地做事。小米气得走过去踢了大黄狗一脚，大黄狗吃了一惊，身子并不分开，瞪着一双无辜的眼睛看着小米，嘴里呜呜地叫几声，表达自己的委屈。小米无法，跺一跺脚，就由它们去。回到家，小米心里恨恨的。她把门一下子关上，咣当一声，把自己都吓了一跳。

小米歪在炕上，看着墙角那个小小的蜘蛛网发呆。

蜘蛛网很小，但很精致，蜘蛛去了哪里呢？小米想不出。可能蜘蛛趁小米不注意的时候，就会回来。这说不定。小米看着那个蜘蛛网，心里想，这个世界，总是有人们不知道的秘密。

乡下人憨直，嘴巴少有顾忌。尤其是男人们，他们总有说不完的俏皮话，荤的素的，黑的白的，热闹得很。逢这个时候小米就扭身走开了。她知道，男人说荤话是无妨的，女人却听不得，闺女家，尤其不能。其实，在内心里，小米是愿意听听这些荤话的。乡村的荤话，简单，却丰富；含蓄，却奔放，它们充满了无穷的想象力，耐人寻味。乡下人，有谁不是从这些荤话中接受了最初的启蒙？小米把这些话装进心里，没人的时候就拿出来想一想，想着想着就把脸想热了。

大人们都有秘密。小米想。哥哥和嫂子，建社舅和青改，爹和娘。想到这里小米心里颤了一下。她用最难听的话骂了自己。她不该这么想。尤其不该，这么想爹和娘。爹沉默，甚至有点木讷，勤快得像头牛。娘呢，粗枝大叶，心直口快。爹和娘——小米艰难地想，究竟是怎样的呢？人前，爹和娘是不相干的。有时候，一天也说不上两句话。更多的时候，他们通过旁人进行交流。

爹往往这样说，问你娘白娃家的砍刀还了没有。娘最常
说的一句话是，叫你爹吃饭。在乡下，越是一家人，人
前倒越是生分的，甚至是冷淡的。比方说，父子们在街
上见了，彼此之间并不理会，也不打招呼，同旁人倒亲
热地扯上几句，有时候干脆停下，热烈地聊起来，聊着
聊着就嘎嘎笑了。爹和娘也是这样。走在街上，不知情
的，谁能猜出他们是夫妻呢？这真是奇怪的事情。有时
候，小米从父母屋子里穿过，心里是紧张的，她有些担
心。担心什么？她说不出。可这紧张里又有一点期盼。
期盼什么呢？小米也说不出。这真是一种折磨。为此，
小米的一颗心就总是悬在那里。越是这样，小米就越觉
得爹和娘之间的不磊落。她怀揣着很多纷乱的心思，想
过来，想过去，就有些生气。究竟生谁的气呢？她也说
不好。

十月庙，村子里是热闹的，人们的心都被大戏吸引
了去，说话，做事，心不在肝上。娘是个戏迷，这机会
更不能错过。爹醉心于戏台下面的事。几个人围在一
起，掷骰子。哥哥嫂子也出去了。小米歪在炕上，把电
视频道噼里啪啦地换来换去。换了一会儿，小米啪地一
下关了电视，跳下炕来。

街上人来人往，空气里蒸腾着一股子热腾腾的喜气，仿佛发酵的馒头，香甜，带着些许微酸。小米喜欢这种味道。她有些高兴起来。

　　村南的果园子旁边有一个草棚子，这地方人叫作窝棚，是看园子的人住的地方。如今，果园子早已经过了它的盛季，窝棚也就闲下来，显得寂寞而冷清。小米对身后的胖涛打个手势，说过来呀。十月，乡下的风终究是有些寒意了。胖涛的清鼻涕一闪一闪的，隔一会儿，他就慌忙吸一下。

　　小米是在家门口碰上胖涛的。胖涛手里举着一串糖葫芦，一边走，一边吃。小米说，胖涛，二霞哩？胖涛说二霞去看戏了。小米说噢，就转身走，没走几步，又停下了。胖涛，小米说，你跟我来。

　　周围很静。有风掠过果园子，树木簌簌地响着。窝棚里弥散着一股干草的气息，有点涩，有点苦，还有一点芬芳的谷草的腥气。小米和胖涛面对面躺着，谁也不说话。胖涛说，咱们，干啥？小米说，不知道。胖涛说，那，去看戏了。小米说，看戏有啥意思。胖涛说，那你说，干啥？小米说，你说呢？一阵风吹过，有丝弦的声音隐约飘过来，细细的，游丝一般，若隐若

现。……姹紫嫣红开遍，似这般都付与……这断井残
垣……胖涛吸了一下鼻子，说，不知道。要不，看戏
去？小米白了他一眼，说，傻。就知道看戏。

　　冬天是乡下最清闲的时节。庄稼都收进了屋，人们
也就放了心。爹专心摆弄自己那匹牲口，有时候也去给
人家当厨子。爹的手艺不错，在村子里是有些声名的。
冬天，办喜事的人家多起来，爹常常被请去，出了东家
进西家。娘原是喜欢玩纸牌的——也不玩大，一角两角
的，一晌下来，也分不出输赢，白白磨了手指头。如今
娘却不怎么玩了。孩子正是淘的时候，不肯在屋子里
待，娘和嫂子就轮流抱着出去，孩子在寒冽的空气里手
舞足蹈，脸蛋子冻得通红。

　　这些日子小米总是郁郁的。有时候，小米也会想起
窝棚里的事。她的慌乱，胖涛的委屈，麻雀在窝棚的地
上跳来跳去，瞪着一双乌溜溜的小眼睛，好奇地看着
他们。

　　月事照常来，一步都不差。小米的一颗心就放回肚
子里，又有些怅怅的。小米想起了二霞的话，越想越感
到烦恼。娘抱着孩子回来了，嘴里呼啸着，孩子的笑声
像碎了的白瓷盘子，亮晶晶撒了一地。

小米。娘喊她。小米不答应。娘就教着孩子叫，姑姑——姑姑——不听话。小米还是不答应。孩子的小手肉乎乎的，一把把她的辫子抓在手心里。小米刚想回头，眼泪就在眼窝里打转。娘说，臭小子，看把你姑姑弄疼了。小米的眼泪终于扑簌簌落下来，怎么也收不住。

「六月半」

六月半，小帖串。这个风俗，芳村的人都知道。今年闰五月，容工夫，俊省的一颗心就稍稍放宽些。小帖的意思，就是喜帖子，这地方的人，凡当年婆亲的人家，都要在六月里把喜帖子送到女方家，叫打帖子。这打帖子的事情可不简单。红红的喜帖子倒在其次，最要紧的，是票子，硬扎扎的票子。如今，票子之外，还添了很多名目，比方说，三金，比方说，手机，比方说，婚纱照。三金的意思，就是金项链，金戒指，金耳环，特别要样儿的闺女家，还要添上金手镯。手机这东西，须得有。这时节，在乡下，有几个年轻人没有手机？还有婚纱照。小两口双双去县城，或者省城，捧回一个大相册来，一个村子的人都要传着看一看，评一评。爱显摆的，还要把其中最得意的，放大了，挂起来。这些钱从哪里来？当然是男方出。芳村的人们都说，老天爷，这年头儿，闺女金贵。谁家有俩小子，简直要把老子吃了。这话，俊省不爱听。俊省喜欢小子。俊省娘家没人。这地方，没人的意思，就是少男丁。很小的时候，俊省便在心里暗暗发了愿。就连嫁给进房，也是看中了刘家的院房大，兄弟稠。算起来，刘家是芳村的大姓，远族近支，覆盖了大半个村子。到了进房家这一支，更兴旺了。进房弟兄四个，进宅，进房，进院，进田。下面又是一群小子，只进田家有一个闺女，总算是变了变花样。在乡下，别的不论，单是红白事，院房大的人家，就显得格外排场，格外热闹，格外有脸面。俊省早计划好了，今年，兵子结婚，要好好地闹上一闹。兵子是老大，家里的头一宗事，总要有点样子才是。

早在年初，刚开春的时候，俊省就张罗开了。先是请村西的布袋爷看日子。看日子这事，最是要紧。布袋爷耳朵背，心却是亮的。他微阖着双眼，把一对新人的生辰八字细细算过了，查了书，还要请上一炷香，叩一叩，问一问。看好日子，接下来，就是订笼屉，请响器吹打，请厨，请押轿，请婆客。如今，虽说是不坐轿子，可照样得有押轿。押轿的，自然是男人。婆客呢，则是女人。这娶客有讲究。须得是全福的妇人，夫妇和睦，儿女双全，当然，最好还要容貌周正，有德行有口碑。辈分也要对。乡亲辈，胡乱论。可是在这一条上，一定不能乱，还是要仔细论一论。还有很要紧的一条，属相要合。跟谁合？当然是跟新人合。这就很难得。夜里睡不着的时候，俊省把芳村的女人们在脑里过筛子，一遍又一遍。除了这些，还有很多琐碎事。比方说，请管事。管事须得是村子里的能人，头脑活，账码清。请管事要谨慎。管事的嘴巴一松一紧，里头的出入就大了。俊省想好了，就请村长建业。建业能干，又有身份，一句话掉地上，能砸出个坑。再比方说，雇车。不知从什么时候开始，结婚都用汽车了。不像俊省他们那会儿，一队自行车，并不骑，只是推着，慢慢地从村子里走过。如今，乡下的汽车越来越多了，再不用到城里去花钱雇。俊省扳着指头算了算，村长家算一个，老迷糊二小子家算一个，宝印家算一个，统共需要八辆，足够了。俊省的意思，既是喜事，要红色的才好，才喜庆，可是，兵子说了，黑车好，黑车大气。兵子这话是在电话里说的。兵子在城里一个工地上做工。俊省拗不过小子，就用黑车。反正都要用红绿彩扮起来，倒也醒目。俊省盘算着，就依着芳村的例，管司机一顿酒饭，再每人塞给一条好烟。钱是不必的。乡里乡亲的，即便给，也未必好意思接。给什么烟呢？俊省拿不准，就把这事问进房。

进房这个人，怎么说呢？老实，本分，最没有主见，倒是种地的好把式。可是，如今谁还把地当回事？小辛庄有一户人家，儿女都出息了，家里只剩下老两口。想雇一个人，俊省就让进房去了。活儿也不苦，无非是洒洒扫扫，侍弄一日三餐，还管吃，一个月下来，净挣五百。俊省觉得挺合算。进房却不乐意，每回把钱交给她的时候，就好像受了多大的委屈。俊省不理他，她最知道男人的心思。无非自忖一个大汉们家，给人家当老妈子，供人家呼来喝去地使唤，心里不好受。可是，除了这个，他还能干些啥？五十多岁的人了，腿脚又不好，总不见得像脏人他们那样，去城里给人家卖苦力吧。这样多好。家里外头，两不误。月月有活钱。俊省算了算，一个月五百，一年下来，六千，三金的钱，就够了。俊省的小算盘一响，心里就止不住地欢喜。一欢喜，就想跟进房念一念。有一回，俊省话到嘴边，又咽回去了。进房脾气倔，保不齐会说出什么不好听的话来。还有一条，俊省心里清楚。进房腿脚不好，是那年工地上落下的毛病。寒冬腊月，给人家踩泥，雨靴倒是穿了的，可那一年有多冷！北风小刀子似的，割人的脸。寒气逼入骨头缝里，从此落下个老寒腿。进房心里恼火。在乡下，五十多岁，离养老还早着哩。脏人他们，干劲多足！不像他，只能拖着病腿，在人家干些女人家的活计。俊省知道他的心事，话头上就格外小心。也不知从什么时候开始，里里外外，都是俊省一个人张罗了。顶多，问进房一句，也是模棱两可的意见。是从什么时候开始的呢？俊省努力想了想，到底是想不起来了。

　　有时候，俊省心里也感到委屈。嫁汉嫁汉，穿衣吃饭。她想不通，自己怎么就落到了这般光景。建业的媳妇，香钗，是同自己一块儿穿开裆裤长大的，如今呢，一个天上，一个地下，简直是差得没了远近。凭什么？还不是凭着人家是建业媳妇，人家的男人是一村之长，芳村的土皇上。俊省长得好模样，人又机灵，很小的时候，一帮孩子在槐树下玩泥巴，村西相面的文焕爷就说了，这孩子，长大了有饭吃——看那鼻子长的。当时，这帮孩子中也一定有香钗。如今，文焕爷早就过世了，可是俊省有时候会想起他多年前的那句话，心里不觉叹一声，暗暗埋怨文焕爷的眼光。然而，埋怨归埋怨，俊省转念一想，也就把自己劝开了。香钗好是好，高楼大院子，盖得铁桶一般，可偏就生了两个丫头片子，大家大业的，硬是膝下凄惶。为这个，香钗嘴上不说，背地里，去了多少趟医院，喝了多少苦药汤！看来，老天爷到底是公平的。给了你这一样，就拿走你那一样。圆满。人世间，哪里能够有圆满？

　　过了端午节，两场热风，麦子就黄透了。如今，麦收也容易，都是机器，轰隆隆一趟开过去，就剩下直接拿布袋装麦粒子了。哪像当年。当年，过一个麦天，简直能让人脱一层皮。这一天，俊省在自家房顶上晒麦，阳光从树缝里落下来，落在麦子上，斑斑点点，一跳一跳的。这时节，家家户户的房子上，都晒满了新麦，一片一片的黄，散发出好闻的香味。俊省冲着太阳眯了半天眼，很痛快地打了一个喷嚏。她仿佛闻到了蒸馒头的微甜，还有新出锅的烙饼的焦香，她寻思着，这两天，一定要去老苦瓜家的机子上出半袋子麦仁。新麦，出麦仁最好。把外面的壳子脱去了，只剩下里面的仁。煮麦仁饭，抓一把豇豆，抓一把麻豆，再抓一把赤小豆，那

才叫好吃。俊省知道，进房最爱这一口。孩子们就不大
热心，尤其是庆子，说还是大米饭好。庆子在县城念高
中。俊省的意思，这两个小子，家里一个，外头一个，
正合适。要是庆子也在家里，从盖房到娶亲，加上以后
的满月酒，没有十几万，走不下来。兵子这边的债台刚
垒起来，又该轮到庆子了。这后半辈子，要稍稍松一口
气，也是万难。正胡思乱想，听见有人叫她，抬头一
看，是小敬。小敬是二震媳妇，正拿了一个笸子，哗啦
哗啦簸麦子。俊省说，今儿天不错，火爆爆的大日头，
再有个三两天，这麦子就该干透了。小敬说，可不是，
这大日头。小敬说快了啊，这有了日子，梭一样，真
快。俊省说可不，眼瞅着就逼到跟前了。小敬一只手拿
笸子，一只手屈指算了算，哎呀，闰五月，要不是闰五
月，这会子，该打帖子了吧。俊省说，可不，今年闰五
月。俊省问小敬知不知道行情，这地方，一年一个样
儿，得先打听清楚了。小敬是芳村有名的广播喇叭，消
息顶灵通。小敬说，上年是一万，大家都这么走着呢。
今年么，就不一定了。今年宝印的小子过事。那还不得
好好闹一闹。俊省抓起一把麦子，让它们慢慢从手指缝
里漏下来。宝印是谁？宝印是包工头，兵子就在他的手

下干活。俊省拿手掌把麦子一点一点摊平了，没有说话。小敬说，宝印早发话了，十八辆奔驰，整个胡同，红地毯铺地，一直铺到大街上来。请县城同福居的大厨掌勺，城里乐团的吹打。宝印说了，上席的都是客。到时候，还不知道排场有多大。俊省把手边的麦子一点一点摊平了，越摊越薄，越摊越薄。宝印还说了，帖子嘛，尽着女方要。依我看，今年，这个数恐怕都不止。小敬伸出两个指头，在眼前晃了晃。俊省心里咯噔一下子，背上就出了一层细汗，痒酥酥地难受。小敬说，也该着今年办事的人家倒霉。宝印这么一闹，大家跟在屁股后面，跑掉鞋子也撵不上。小敬说没有这么行的，这世道。俊省捏起一颗麦粒，放在上下齿之间，试探着咬了一下，咔吧一声，就两半了，这大日头，真是厉害。俊省把两只手掌拍了拍，细的尘土纷纷扬扬飞起来。宝印这家伙，牛气烘烘的，这家伙，狠，这家伙。小敬一连说了几个这家伙，口气里说不清是怨恨，还是羡慕。宝印这家伙——小敬忽然把嗓门压低了，这家伙，和大眼媳妇靠着呢。俊省说谁？大眼媳妇？不是小茅子媳妇吗？小敬扑哧一声笑了，说人家是土财主，顺手掐个花花草草的，还不是寻常？还不是轻易？钱这东西，谁还

怕扎手? 俊省就不说话了。院子里, 有谁在喊, 小敬,
小敬。小敬应着, 爬着梯子下去了。太阳越来越热了,
蝉躲在树叶里, 拼命地唱着。俊省看着一片一片的新
麦, 发了一会子呆。一只花媳妇飞过来, 停在她的手背
上, 红地黑点的身子, 两根须子一颤一颤的, 忽然, 翅
子一张, 又飞走了。

　　吃过饭, 俊省就歪在炕上。电扇嗡嗡地摇晃着脑
袋, 把身边的被单子吹得一掀一掀, 直蹭她的脸。珠串
的帘子被风戏弄着, 簌簌地响。宝印。她怎么不知道宝
印。当年, 宝印家托了人来俊省家提亲, 被回绝了。爹
的意思, 宝印倒是个机灵孩子, 只是家里人口单薄了一
些。宝印是独子, 上面一个姐姐, 嫁到了小辛庄。俊省
很记得, 有一回, 从田里薅草回来, 在村东的那条坝
上, 她被宝印拦住了。宝印说, 我在这里, 等你半晌
了。俊省呢, 因为有提亲那回事, 见了宝印总是绕道
走。这一回, 眼看着绕不过了, 就低了头, 听他说话。
宝印说, 你——不同意? 俊省吓一跳, 她万万想不到, 宝
印会这样开门见山地问她。宝印说, 那——你嫌我啥? 俊
省更是一句话也说不出来, 很尴尬了。宝印说, 俊省,
我, 我, 你——你会后悔的。俊省呆了一时, 扭身就跑

了。夕阳在天边很热烈地燃烧着，整个村子笼罩在绯红色的霞光中。多少年了，俊省从来不曾回忆起那个黄昏。今天，这是怎么了？其实，当初兵子走的时候，她也没有多想。这些年，宝印从芳村带走了多少人，一茬又一茬，兵子只不过是其中一个。兵子凭着自己的双手吃饭，又不是仰仗着他宝印的施舍。兵子倒是常常在电话里提起来，老板长，老板短，言语间充满了敬和惧。老板指的就是宝印。宝印的小子，民民，跟着他爹干，俨然是二把交椅。民民和兵子同岁。一样的孩子，不一样的命。一个天天吃香喝辣，一个整日里黑汗白流。俊省想起了宝印的那句话，心头忽然就莫名地躁起来。

傍晚的时候，进房回来了。车铃铛一路响着，一直骑进院子里。俊省在饭棚里炒菜，听到铃铛唱，她知道这是发工资了。可是俊省不抬头，只作听不见。进房骑在车子上，一腿支地，看着厨房里热气腾腾的媳妇，摇了一会儿铃铛，就止住了，把车支好，立在门口，两只手撑着门框。俊省自顾埋头炒菜。油锅沙沙响着，俊省的铲子上下翻飞，又灵巧，又有法度。进房讨个没脸，就去舀水，洗手。这边俊省已经把炒菜装进盘子里，另一只锅也揭开了盖子，白色的蒸汽一下子就弥漫开来。

吃饭的时候，两个人谁都不说话。鸡们在院子里走来走去，百无聊赖的样子。一条丝瓜从小敬家的墙头上爬过来，探头探脑。进房说，发工资了。俊省说嗯。进房说，那老两口，真会享福。俊省说噢。进房说，孩子们也孝顺。进房说小子给安了空调，闺女给买的冰箱。俊省说，那还是有钱。没有钱，咋孝顺？进房说，听说，小子在城里当干部，闺女也不差，婆家是城里人。俊省不说话。进房说，老两口，真会享福。俊省还是不说话。进房说，怎么了，你这是？看这脸拉得。俊省一下子就爆发了，把碗当的一下顿在桌上，说怎么了？你说怎么了？人家享福，人家享福是人家命好，上辈子修来的，我受罪也是自找的，活该受罪。进房说怎么了嘛这是，这说着说着就——说闲篇哩。俊省说，说闲篇，我可没有心思说闲篇，自己的苦咸，自己清楚。眼瞅着进六月了，帖子的事，我横竖是不管了。进房这才知道事情的由头，说不是说好了吗？他大姨，小姨，我大哥，还有进田他们，大家伙儿凑一凑。俊省哇的一声就哭开了，要借你去借，这手心朝上的滋味，我算是尝够了。进房说你看你，你看你——俊省说，刘进房，嫁给你，我算是瞎了眼——我的命，好苦哇——

这地方的人，一年里，除了年节，还有好几个庙。三月庙，六月庙，十月庙。庙呢，就是庙会的意思。乡下人，少欢娱，却是喜热闹。正好趁了这庙会，好好热闹一番。这六月庙，就在六月初一。六月里，田里的夏庄稼都收完了，进了仓。玉米苗子蹿起来了，棉田也粉粉白白地开了花，红薯，花生，静悄悄地绿着，在大太阳底下，藏在泥土里，憋足了劲，只等秋天的时候，让人们大吃一惊。节令马上就数伏了。节令不饶人。数了伏，天就真的热起来了。头伏，二伏，三伏。三伏不了秋来到。眼瞅着，地里的秋庄稼就起来了。这时节，忙了一季的人们，也该偷闲歇一歇了。六月庙，家家户户都烧香，请神。这一回请的是谷神，还有龙王。女人们梳了头，净了手，跪在地上，口中念念有词，心里悄悄许下愿。谷神管的是五谷丰登，龙王管的是风调雨顺，乡下人，年年月月，祖祖辈辈，盼的不就是五谷丰登风调雨顺？如今，女人们许的愿就多了，多得连她们自己都有些不好意思开口了。就只有藏在心里。藏在心里，别人就看不见了。这几天，俊省忙得团团转。烧香，请神，最要紧的，是要把人家女方请过来，看戏。这地方的六月庙，总要唱几天大戏。城里的戏班子，那才叫戏

班子。穿戴披挂起来，台子上一个亮相，不等开口，就
赢得个满堂彩。都是这地方的传统剧目，《打金枝》《辕
门斩子》，人们百听不厌。这时候，定了亲的人家，就要
把没过门的媳妇请过来，看戏。说是看戏，其实，就是
要让人家过来探一探，探一探家底子的厚薄。好酒好饭
自然是少不了的，更要紧的，是临走时悄悄塞给人家的
那一封红包。往往是，六月庙一过，是非就生出来了。
有人哭，有人笑，还有的，因此断送了一门好姻缘。这
些天，俊省格外忙碌，格外劳心。怎么说呢，俊省这个
人，心性儿高，爱脸面，这个时候，决不能让人家挑出
半分不是。俊省把屋里屋外都收拾得清清爽爽，割了
肉，剁馅子，炸丸子，煎豆腐，蒸供。这后一样，是有
讲究的。芳村的女人，谁不会蒸供? 新麦刚下来，新面
粉香喷喷的，女人们拿新面粉蒸各色各样的面食，鸡，
鱼，猪头，面三牲，莲花卷，出锅的时候，统统点上红
红的胭脂，热腾腾摆在那里，粉白脂红，那才叫好看。
俊省还特意让进房刮了胡子，换了件新背心。她自己
呢，也去三子家的理发馆理了发，穿上那件小黄格子布
衫。俊省家里家外打量了一番，略略松了口气。只是，
还有一样。既是人家女方要上门，按理说，无论如何，

兵子该回来一趟。俊省盘算着，帖子的事，也该问一问兵子。

　　这天，吃罢晚饭，俊省就去见礼家打电话。见礼是老迷糊家二小子，论起来，还是本家。俊省家里没装电话，有事，就到见礼家打。傍晚的乡村，显得格外静谧。风从田野深处吹过来，湿润润的，夹带着一股庄稼汁水的腥气。这个时辰，见礼一家子肯定在吃饭，这样最好，她正好可以躲在北屋里，跟兵子说几句体己话。俊省想好了，她得跟兵子说一说六月庙的事，主要是那一封红包。还有，这一封红包，由兵子回来塞给人家，顶合适。小儿女们，什么话都好说一些。更要紧的一件事，是打帖子。眼瞅着进了六月，可不能让人家挑了礼。俊省的意思，最好先趁这个六月庙，探一探人家的口风。这些，都离不开兵子。正想着，迎面差点撞上一个人，待细一看，竟是宝印。俊省想躲，已经来不及了。宝印嘴里叼着一根烟，问吃了？俊省说吃了。宝印说，去哪儿？俊省说串个门儿。宝印顿了顿，说噢，这天热得，真热。俊省说是啊，真热。宝印说，兵子的日子，腊月里？俊省说腊月十六。宝印说，好日子。正跟民民碰着。俊省一惊，问民民也腊月十六？宝印说可不是，真是个好日子。俊省心里忽然像塞了一团麻，乱糟糟的。宝印说，你，还好吧？俊省说，挺好。俊省想什么意思？宝印你是想看我的笑话了。宝印说，进房他，干得还顺心吧？我是说在小辛庄。俊省说那还能不顺心？顺心。宝印吸了一口烟，慢慢吐出来，看着那一个个青白的烟圈一点一点凌乱起来，终于消失了。俊省刚想走开，听见宝印说，兵子在我手里，你放一百个心。俊省就立住了，等着宝印的下文。宝印深深吸了一口烟，却不说了。俊省只好说，这孩子实在，就是脾气倔，你多担待。宝印就笑了，这还用说？我看着他长大，这还用说？在我眼里，兵子和民民一样。俊省脸上就窘了一下，她想起了当年宝印那句话。宝印把烟屁股扔地上，拿脚尖使劲一碾，说，我正思谋着，把兵子的活儿调一调。孩子家，筋骨嫩，出苦力的活，怕把身子努伤了。俊省心里颤悠了一下，脸上不动声色，一双耳朵却支起来。宝印却不说了。墙根底下，草丛里，不知什么虫子在高一声低一声地叫着，唧唧，唧唧唧，唧唧唧唧。还有蝉，躲在树上，嘶呀，嘶呀，嘶呀，嘶呀，叫得人心烦意乱。俊省立在那里，正踌躇着去留，只听宝印的手机唱了起来，宝印从腰间把手机摘下来，对着手机讲话。喂？哦，这件事，我不是说过了吗？你让老孙处理。事事都找我，我长着几个脑袋？少啰唆，赶紧去办。挂上电话，宝印皱着眉说，这帮人，都是吃粮不管事的。宝印说几个工程，摊子铺得太大了，劳心。俊省看了一眼宝印的手机，心里就动了一下，她说，那啥，我正要去给兵子打电话呢，看他能不能抽空回来一趟，快六月庙了。宝印说怎么不能？回来，让孩子回来。这是大事。宝印说耽误一点工算啥？孩子一辈子的大事。说着就低头拨手机，把手机在耳朵边听了一会儿，说找兵子，对，就是兵子，还有哪个兵子？芳村的兵子嘛。好，快去。俊省立在那里，呆呆地看着宝印的手机，那上面有一个红灯一闪一闪，很好看。宝印对着手机喂了一句，说，兵子，兵子吗？六月庙，你回来一趟，对，回村里。活不要紧。不要光想着活，该想想你的大事了。兵子，你等着，你听谁跟你说话。俊省紧张地盯着递过来的手机，看宝印冲她挤挤眼，就犹犹疑疑接过来，叫了一声兵子，就不知道说什么了。兵子在那头喂喂地叫着，俊省只觉得嘴唇干燥得厉害，手掌心里却是汗涔涔的，对着手机说，兵子，我是你娘。

　　六月庙，说到就到了。村子里，真仿佛过节一样，到处都是喜洋洋的。进入头伏了，太阳越来越烈，像本地烧，两口下去，胸口就热辣辣的，头脑就晕乎乎的，整个人呢，就轻飘飘地飞起来了。六月庙前的芳村，空气里，似乎有什么东西慢慢发酵了，带着一丝微甜，一丝微酸，让人莫名地兴奋和渴盼。戏台子也搭起来了，在村子中央的空地上，披红挂绿，上面是宽宽敞敞的凉棚。这地方的人，几乎个个都是戏迷。河北梆子，丝弦，不论老少，都能随口来上两嗓子。这些天，人们都议论着，这一回，县里的赛嫦娥一定要来，赛嫦娥，人家那扮相，那身段，那嗓子，简直是，简直是——说话的人一时找不到合适的词，就动了粗口，说简直是——他二奶奶的。人们就笑了。说什么是角儿？人家那才是角儿。台上一站，一个眼风，台下立时鸦雀无声。这时候，不论你在哪个角落，都能感觉到，人家的眼风是扫到你了，人家赛嫦娥看见你了。娘的。什么是角儿！

　　一大早，俊省趁凉快，去赶了一趟集。俊省买了香纸。香纸这东西，不能买早了，伏天里，最易吸潮气，吸了潮气就不好了。这地方，管专门烧香请神的人叫作"识破"。"识破"可不是一般的凡人。在乡下，逢初一十五，女人们少不得要在神前拜一拜，即便是吃顿饺子，也要盛了头一碗，供在神前。为的是图个吉祥如意。"识破"就不同了。"识破"都是沾了神灵仙气的人，他们能够领会神旨，甚至，直接跟神灵对话。乡村里，有了灾病坎坷，总要请"识破"叩一叩，破一破。"识破"都会看香火。香点燃了，"识破"跪着，看香火燃烧的走势。有时欢快，有时沉闷，也有时，忽然就霍地烧了半边，剩下另一半，突兀地沉默着。这时候，"识破"就开口了，说，这是东南方向，有说法了。因此俊省知道，香纸这东西，最不能受潮。六月庙，俊省是想请"识破"问一问。问什么呢？俊省心里计划着，就问一问家道，问一问光景，还要问一问兵子的亲事。怎么说呢？直到这个时候，俊省还是悬着一颗心。六月半，这第一道关坎儿，还不知道该如何迈过呢。俊省叹了一口气，把香纸收好。篮子里东西还多。两斤鸡蛋。等兵子回来，得补一补，穷家富路，出门在外，苦了孩子。两斤五花肉。肉卤子面，兵子一口气能吃三大碗。这些，都得放到老迷糊家，老迷糊家里有冰箱。天热，可不能糟蹋了东西。俊省还买了绿豆粉。往常，一到伏天，俊省都要搅凉粉。在芳村，俊省的凉粉搅得最地道。凉粉搅好了，用冰凉的井水镇上，吃的时候，浇上

调好的汁儿，蒜要多多地放，还有醋，还有辣椒，还有
芫荽，吃一口，那才叫过瘾。两个孩子都爱吃。只是，
如今没有井水了，都是自来水，又没有冰箱，俊省就只
好一遍一遍地换水。水愈来愈热，粉就一点一点凉下来
了。庆子的补习班还要五六天，俊省掐着指头算一算，
还是兵子回来得早。宝印说了，活儿有什么要紧？这是
大事。可兵子还是要等到月底才回来。小子是怕误了
工，怕误了工要扣钱。兵子的心思，俊省怎么不懂？俊
省叹了口气，看着院子里一铁丝的衣裳，在风中飘飘
扬扬。

　　晌午，俊省收拾完，刚歪在床上，小敬挑帘子进了
屋。俊省让她坐，起身把电扇调快了一档。两个人扯了
一会子闲话，小敬说，帖子的事，人们都看着宝印呢。
俊省说噢。小敬说，宝印这家伙！宝印这家伙不出手，
人们就都等着。俊省说，可不。小敬说，宝印这家伙！
这家伙！俊省想起那天宝印的样子，像一头豹子，真是
凶猛，让人害怕，又让人欢喜。就那样把她抵在老槐树
上，粗糙的树皮，把她硌得生疼。树上的露水摇晃下来
了，还有蝉声，落了他们一身一脸。宝印在她耳朵边，
热热地叫她，小省小省小省小省。一天的星星都黯淡下

来，月亮也不知道躲到哪里去了。后来的事，俊省都记不起来了。俊省只记得宝印那一句话。宝印说，兵子的事，你放心——放心好了。小敬说，宝印这家伙！这个宝印！你，怎么了？俊省这才省过来，知道自己是走神了，忙说，有点困——昨夜里一只蚊子，闹了半宿。小敬说蚊子？是只大蚊子吧。俊省骂了一句，小敬就嘎嘎笑了。屋子里寂寂的，电扇嗡嗡叫着，把墙上的月份牌吹得簌簌响，一张一张掀起来，红的字，绿的字，黑的字。日子飞快，眨眼间，六月庙就到了。

三十这一天，俊省起了个大早。进房已经走了，他得赶着去给人家做早饭。俊省把瓮接满水，浇了菜，泼了院子，把香纸供享装进篮子里，打算去村南别扭家。别扭媳妇是个"识破"，方圆几十里名声很响。晚上，兵子就要回来了。俊省想请"识破"问一问。这事，得瞒着兵子。青皮小子，嘴上没毛，倘若说了什么话，冲撞了仙家，就不好了。乡村的早晨，太阳刚刚露头，就按捺不住了。风里倒是有些凉意，悠悠地吹过来，脸上，胳膊上，茸毛都微微抖动着，痒酥酥的，很适意了。远处的田野，仿佛笼着一层薄薄的青雾，风一吹，就恍惚了。遥遥的，偶尔有一声鸡啼，少顷，又沉寂下来。俊省心里高兴起来。走到建业家门口的时候，听见院子里有人说话。俊省想，这个香钗，起得倒早。忽然，听见有人说兵子。俊省就停下脚步，在墙外边立住了。

谁知道就那么寸？狗日的。建业骂道。一下子仨！活蹦乱跳的小子！狗日的！香钗说，命，命里该。香钗说可惜了的，看俊省这命！兵子都要娶媳妇了。建业说，狗日的！狗日的宝印。钻到钱眼里了！狗日的！

俊省立在墙外面，整个人都傻了。兵子！兵子！她拼尽全身的力气，竟然一句话也喊不出来。兵子！兵子！她想挪动脚步，却忽然眼前一黑，身子就软下去了。

天真热。明天，就是六月庙了。

「那雪」

一

　　傍晚的时候，下了一点雨。空气有点湿，有点凉，弥漫着一种植物和雨水的气息。那雪把手插在衣兜里，抬头看了看天。周末。又是周末。在北京这些年，那雪最恨的，就是周末。大街上，人来人往，也不知道，哪里来的那么多的人。还有汽车。各种各样的汽车，在街上流淌着，像一条喧嚣的河。那雪在便道上慢慢地走，偶尔，朝路边的小店里张一张。店里多是附近大学的学生，仰着年轻新鲜的脸，同店主认真地侃着价。当年，那雪也是这样，经常来这种小店淘衣服。那时候，多年轻！那雪喜欢穿一件洗得发白的牛仔裤，细格子棉布衬衫，头发向后面尽数拢过去，编成一根乌溜溜的辫子。走在街上，总有男孩子的目光远远地飘过来，像一片片

羽毛，在她的身上轻轻拂过，弄得那雪的一颗心毛茸茸
地痒。

怎么说呢，那雪算不得多么漂亮。可是，那雪姿态
美。长颈，长腿，有些长身玉立的意思。偏偏就留了一
头长发，浓密茂盛，微微烫过了，从肩上倾泻下来，有
一种惊人的铺张。从后面看上去，简直惊心动魄了。为
了这一头长发，那雪没少受委屈。很小的时候，母亲给
她梳头，她站在一个小凳子上，刚好到母亲的胸前。母
亲的胸很饱满，把衬衣的前襟高高顶起来，使得上面的
一朵朵小蓝花变形，动荡，恣意，有点像醉酒的女子。
那雪的鼻尖在那些恣意的小蓝花之间蹭来蹭去，一股甜
美的芬芳汹涌而来，那是成熟和绚烂的气息。那雪喜欢
这种气息。多年以后，当那雪长成一个汁液饱满的女
人，她总是会想起那些扭曲的小蓝花，那种气息，热烈
而迷人。母亲命令她转过身去。她恋恋不舍地把鼻尖从
那些绽放的小蓝花中挪走，背对着母亲。早晨的阳光照
过来，她感到梳子的尖齿在头皮上划来划去，忽然就疼
了一下。这么多的头发，像谁呢？母亲的抱怨从头顶慢
慢飘落，堆积，像秋天的树叶。这样的话，那雪是早就
习惯了。也不知道怎么一回事，母亲对她的头发，总是

抱怨。也不全是抱怨。是又爱又恨的意思。童年时代的那雪，被人瞩目的焦点，便是她的头发。母亲总能够一面抱怨，一面在她的头发上变出各种花样，让看到她的人眼睛一亮。一根头发被梳子单独挑起，有一种猝不及防的疼。那雪的鼻腔一下子酸了，一片薄雾从眼底慢慢浮起来。直到现在，她还记得当年那种感觉。早晨。阳光跳跃。母亲胸前的小花恣意。梳子在头发里穿越。细细的突如其来的疼痛。泪眼模糊。窗台上一面老式的镜子，龙凤呈祥，缠枝牡丹，花开富贵的梳妆匣。阳光溅在镜子的边缘，在某一个角度，亮晶晶的一片，闪烁不定。

　　一滴水珠飞过来，落在那雪的脸颊上。一个男孩子，正把一把深蓝的伞收好，冲她笑一笑，露出一口雪白的牙齿。那雪看着他的背影发了一会子呆。这个男孩子，大约有二十岁吧。想必是 B 大的学生。在这一条街上，总能够看到这样的男孩子，阳光般明朗，青春逼人。当然，也有神情悒郁的，留着长发，浑身上下有一种颓废的气息。然而，终究是青春的颓废。有了青春做底子，颓废也是一种朝气。那雪把头发向耳后掠一掠，心里忽然就软了一下。她是想起了杜赛。这个人，她有多久没有想起来了？那个男孩子的背影瘦削，但挺拔。每一步都有一种勃发的力量。这一点也像杜赛。那雪看着街上一辆警车呼啸而过，闪电一般。雨后的空气湿润润的，新鲜得有些刺鼻。那雪把两个臂膀抱在胸前，深深地吸了一口气。

街上的灯光渐次亮起来。城市的夜晚来临了。两旁店铺的橱窗里人影浮动，看上去繁华而温暖。那雪在一家内衣店前迟疑了一时，慢慢踱进去。老板很殷勤地迎上来，也不多话，耐心地立在一旁，看她在一排内衣前挑挑拣拣。漫不经心地选了一套，正拿在手里看，手机响了。是叶每每。她踱到窗前僻静的地方，接电话。老板从旁看着她，脸上一直微笑着。叶每每的声音听起来很热烈。她问那雪在哪里，做什么，吃饭了吗？我跟你讲啊……那雪看了一眼旁边的老板，他真是好涵养。依然微笑着，没有一丝不耐。叶每每在电话那头叫起来，在听吗你？七点，暧昧。不许迟到啊。

从地铁里出来，那雪穿过长长的通道，往外走。风很大，浩浩的，把她的长裙翻卷起来。她腾出一只手按住裙角，忽然想起那一回，夜里，从外面回来，地铁口，也是浩浩的风，直把一颗心都吹凉了。那雪不喜欢地铁的原因，究其实或许是因为这风。那种风沙扑面的感觉，让人止不住地心生悲凉。地铁外面是另一个世界。红的灯，绿的酒，衣香鬓影。城市的夜生活才刚刚开始。

暧昧是一家茶餐厅。叶每每喜欢这名字。暧昧。那雪不明白，为什么非要叫暧昧。远远地看见叶每每坐在那里，埋头研究菜单。看见她，一面指表，一面叫道，迟到八分零三秒。那雪坐下，看叶每每点菜。叶每每今天满脸春色，两只眸子亮晶晶的，水波荡漾。那雪和叶每每是同学，硕士时代的同学中，几年下来，在北京，也只有她们两个一直保持着很好的私交。叶每每是那种非常闯荡的女孩子，胆子大，心野。人倒是生得淑女相，长发，细眉，一双丹凤眼，微微有点吊眼梢。叶每每最喜欢的，就是一个人单枪匹马去旅行。用叶每每的话，旅行是一场冒险，灵魂的，还有身体的。叶每每是一个喜欢冒险的人。有时候，那雪一面听着叶每每惊心动魄的奇遇，一面想，这样娇小的身体里，究竟潜藏着多么巨大的能量？

怎么，又有艳遇？

叶每每笑，此话怎讲？那雪把嘴撇一撇，说自己照镜子吧。叶每每果真就拿出一面小镜子照了照。那雪说，今年桃花泛滥啊。叶每每把镜子收起来，幽幽叹了一口气，说，我可不是你。清教徒。有音乐从什么地方慢慢流淌过来，是一首经典英文老歌，忧伤缱绻的调子，让人莫名地黯然。那雪低头把一根麦管仔细地拉直，一点一点，极有耐心。薄荷露很爽口，清凉中带着一丝微甘，还夹杂着一些淡淡的苦，似有若无。那雪尤其喜欢的，是它葱茏的样子，绿的薄荷枝叶，活泼泼的，在杯中显得生动极了。还有薄的柠檬片，青色逼人。叶每每把杯子里的酒一饮而尽，说，人生难得沉醉的时刻。那雪，不是我说你。那雪看了一眼叶每每，知道她是有些醉了。叶每每爱酒，量却不大。而且，逢酒必醉。这一点，就不如那雪。那雪是能喝酒的。可是那雪轻易不露。在人前，那雪更愿意保持一种淑女的仪态。酒风也好。不疾不徐，十分从容。叶每每呢，上来就是一心一意要喝醉的样子，气焰嚣张，惹得人家都不好意思劝她。那雪知道，这一回，叶每每又要故伎重演了。那雪把她的酒杯拿过来，替她倒酒。叶每每口齿含混地说道，满上。那雪，满上。今晚不醉不归。那雪——

二

　　从出租车下来，那雪在街头立了一会儿。夜色苍
茫。大街上一片寂静。偶尔，有汽车一闪而过，仿佛一
条鱼，游向夜的深处。夜凉如水。那雪把两只手臂抱在
胸前，抬眼望一望楼上。这一幢居民楼，是 20 世纪 80
年代的房子，老而旧，一眼看上去，总有一种沧桑的岁
月风尘的味道。那雪喜欢这味道。尤其是，这一带有很
多树，槐树，还有银杏，很老了，蓊蓊郁郁的，让人喜
欢。当初来这里租房的时候，那雪只看了一眼，就定下
来了。她甚至都没有问一问价格，也没有看一看里面的
格局。那时候，那雪研三，刚刚答辩完，马上面临着毕
业。有一度，那雪对这所小小的房子简直是迷恋。这是
她的小窝。在偌大的北京城，这是她的家。那雪用了整
整一周的时间，把这个家收拾得情趣盎然。她买来壁
纸，把墙壁糊起来，浅米色，飞着暗暗的竹叶的影子。
家具是现成的，一色的原木，只薄薄地上了一层清漆，
裸露着清晰的纹理。那雪养了很多植物。龟背竹，滴水

观音，绿萝，虎皮掌，孔雀兰。那雪喜欢植物。植物不像人。植物永远是沉默的。你给它浇水，它就给你发芽，甚至开花，甚至结果。植物永远善解人意。而且，植物永远在你身边，不离不弃。那雪最喜欢的，是每天早晨，到阳台上给它们浇水。阳光照过来，植物的绿叶变得透明，可以看见叶脉间汁液的流淌，甚至可以听见流淌的声音。那雪举着喷壶，仔细地给植物们浇水。它们需要她。每一天下班回家，那雪都有点迫不及待。这一点，即便是叶每每，她都从来没有告诉过。叶每每一定会笑她吧。然而，这是真的。至于杜赛，更是无从说起。在她的眼里，杜赛就是一个孩子。尽管杜赛只比她小两岁。尽管，杜赛不止一次向她抗议，甚至威胁。杜赛喜欢把她抵在那个小吧台上，慢慢咬她的耳垂。其实是窗子的位置，被主人设计成一个小巧的吧台，完整的黑色大理石台面，荡漾着活泼的水纹。杜赛的唇湿润柔软，在她的耳垂上慢慢辗转。他知道她受不了这个。杜赛一面咬她一面逼问，谁是孩子？说，到底谁是孩子？杜赛的身上有一种青草般的气息，清新袭人，在他的怀里，仿佛躺在夏夜的草地上，蓬勃而湿润，带着露水的微凉。杜赛。大理石般凉爽的触感，年轻男人的火热和硬朗。那雪在一瞬间有些恍惚。

　　已过午夜，整个楼房黑黢黢的，只是沉默。偶尔有谁家的窗子里透出灯光，是晚睡的温情的眼。那雪在楼下踟蹰了一时，掏出钥匙开门。

　　也不知从什么时候开始，那雪有点害怕回到这个小屋了。有时候，她宁愿在外面延宕，延宕多时。那雪还记得刚搬过来的时候。那时候，她是多么依恋这个安静的小窝啊。她依恋它，就像孩子依恋母亲。她喜欢一个人待在家里，看书，写字，或者什么都不做，搬一把小折叠椅，坐在阳台上，晒太阳。阳光吐出一根根金线，密密地织成一个网，温柔的网，将她罩住。她躲在这网里，发呆，想心事。这样的周末，她甚至可以两天不下楼。

　　当然，那时候，她还没有认识孟世代。

　　那雪这个人，怎么说呢，天真。用叶每每的话就是，有点傻。在男人方面，尤其没有鉴别力。叶每每把这个归因于那雪的家庭。那雪姐妹两个。从小，她生活在缺乏异性示范的世界里。父亲不算。父亲是另外一回事。叶每每嘲笑她，那雪，你简直是——不懂男人，简直是。

叶每每说得对。像孟世代这样的男人，那雪再傻，也是看得出他的一些脾性的。可是，那雪执拗。其实从一开始，那雪就知道，孟世代是一个浪荡子，久经情场，在女人方面，更是阅尽春色。当然，这样形容孟世代也不尽准确。孟世代在京城文化圈里名气很大，文章写得聪明漂亮，是可以一再捧读的。孟世代为人也通透，在大学教书，却没有一丝书斋里的迂腐气味，长袖善舞，人脉极广。孟世代喜欢那雪。这一点，是可以肯定的。用叶每每的话说，那雪这样的女人，有哪一个男人见了不喜欢呢？问题在于，从一开始，那雪就不该对这一场感情抱有太多的期待。孟世代是一个有家室的人。可是，也不知道为什么，那雪对孟世代的家室倒没有太多的醋意。当然，那雪知道，孟世代的家在另外一个城市，远离京城，那一个家，对孟世代来说，只是一个象征罢了。他极少回去。而且，据他讲，对家里的那一个，他是早已经心如死灰了。那雪听这话的时候，心里有一点得意，也有一点感伤。有时候，听着他在电话里对着那一头认真地敷衍，莫名其妙地，她会生出一种难以言说的悲凉。更多的时候，孟世代得拿出时间来应付身边的莺莺燕燕。这些年，一个人在北京，想必也少

不得花花草草的事。孟世代向来不大避讳那雪。他当着
她的面，接她们的电话，看她们的短信。那雪听他们在
电话里缠缠绕绕地调笑，全是一些无关紧要的精致的废
话。孟世代一面说，一面冲着那雪眨眼睛，有炫耀，也
有无辜，还有几分甜蜜的无可奈何。那雪那种熟悉的疼
就汹涌而来，从右手腕开始，一点一点，慢慢向心脏的
深处蔓延，像钝的刀尖。对这种疼痛，那雪有些迷恋。
这真是奇怪。用叶每每的话，有自虐倾向。那雪笑，也
不分辩。自虐倾向，或许是有吧。要不然，她怎么会千
里迢迢从家乡的小镇来到北京，吃了那么多的苦，还愿
意在这个举目无亲的城市里辗转，挣扎？她记得，还是
刚来北京的时候，有一回，在一条小胡同里迷了路，懵
懵懂懂撞进一户人家，正是隆冬，天阴得仿佛一盆水，
空中偶尔飘下细细的雪粒子。门帘挑起一角，油锅飒飒
的爆炒声传出来，还有热烈的葱花的焦香。那雪慌忙退
出门去。一股热辣辣的东西涌上喉头，硬硬的，直逼她
的眼底。一个小孩子举着糖葫芦跑出来，光着头，也没
戴帽子，很狐疑地看着她。屋子里有大人在喊，快回
来——冷，外面冷。风很大，把人家的旧门环吹得格朗朗
乱响。

浴室的莲蓬头坏了。那雪勉强洗了澡。心里总是疙疙瘩瘩的,感觉不畅快。要是有孟世代在,她根本不会为这种事烦心。孟世代这个人,在世俗生活里一向是如鱼在水中。他活得舒畅,滋润,在物质享受上,从来都不肯令自己受半分委屈。这一点,那雪一直很是钦佩。同时,又有那么一点不屑。那雪向来是清高自许的。同物质比较起来,她更愿意让自己倾向于精神。当然,那雪也喜欢名车豪宅,喜欢华服,喜欢美食,喜欢定期到美容院,做皮肤护理,做香薰 SPA。喜欢在各种各样的场合,男人们惊艳的一瞥,当然,还有女人们欣赏中的嫉恨。那雪承认自己的虚荣。可是,有哪一个女人不虚荣呢?只不过,那雪把这虚荣悄悄地藏起来,藏在心底,让谁都识不破,包括孟世代。

当初,孟世代追那雪的时候,简直是用尽了心机。糖衣炮弹自然是少不得的。孟世代这个人,在女人方面,总是有着无穷的智慧和勇气。更重要的是,孟世代有着雄厚的经济基础。经济基础决定上层建筑,这话是真理。有时候,那雪跟在孟世代身旁,在堂皇的商场中慢慢转,售货小姐恭敬地陪侍左右,笑吟吟地恭维,先生的眼光真好,太太这么好的身材,穿我们这新款,再合适不过了。先生，太太。那雪心里跳了一下，脸上有些烫。她们这些人，阅人无数，一眼就可以看出里面的山重水复。她们只是不说破罢了。孟世代的手在她的腰上轻轻用了一下力，脸上却依然是波澜不惊。他让她试装。走过去，走过来，转身，回头。他把眼睛眯起来，两只胳膊抱在胸前，远远地看。他有时候点头，有时候摇头，有时候，什么也不说，只是久久地盯着她看，直看到她的眼睛里去。那雪的心就轻轻地荡漾一下，把身子一扭，说不试了。却被他拉住了。他对售货小姐说，这些，都包好。眼睛却看着那雪。那雪呆了一呆。她怎么不知道，这个牌子的衣服，贵得简直吓人。眼看着一件件衣服被包好，装进袋子，递到自己手里，只有垂下眼帘，轻声说，谢谢。孟世代在她耳边说，怎么谢？鼻息热热的，扑在脸上。那雪的心里又是一跳。

窗帘垂下来，把微凉的夜婉拒在窗外。或许，雨还在下着。也或许，早已经停了。可是，无论如何，这是一个雨夜。那雪喜欢雨夜。雨夜总给人一种特别的感觉，迷离，幽深，低回，忧伤，充满神秘的蛊惑力。

知道吗？你就像——这雨夜。那一回，杜赛拥着她，在阳台上看雨。细细的雨丝，打在窗玻璃上，瞬间形成大颗的雨滴，亮晶晶的，像夜的泪。

你的身上有一种味道，雨夜的味道。杜赛说。我喜欢。

三

孟世代这个人，怎么说呢，南方人，却是南人北相。然而刚硬中，到底还是有属于南方的缠绕温润。这两种品性，使得孟世代有一种很奇特的气质。奇怪得很，按理说，这种老少配，应该是一边倒的姿势。当然是向着那雪这边。虽不是白发配红颜，却实实在在是相差了十五岁。有了这十五年的岁月，任孟世代在外面如何叱咤风云，在红颜面前，总该是不惜万千宠爱的。然而不。在孟世代的宠爱背后，那雪却分明感受到一种威压，莫名的威压。有时候，那雪心里也感到恼火。凭什么呢？没有道理。难不成就是凭了那几两碎银子？正要把脸子撂下来的时候，却见人家分明是微笑着的。孟世代的微笑很特别。嘴角微微地翘起来，脸上的线条柔软极了，眼神是空茫的，仿佛蒙了一层薄雾，有些游离世外的意思，又有一些孩子般单纯的无辜。当初，就是这微笑，让那雪心里怦然一动。这是真的。有时候，那雪不免想，以貌取人，是多么幼稚的事情啊。可是，人这一生，有谁敢说不犯这种幼稚的错误？

夜，是整幅的丝绸，柔软，绚烂，有着芬芳的气息和微凉的触感，让人情不自禁地想沦陷其间。那雪把鼻尖埋在枕头里，任松软的棉布把一张脸淹没。恍惚间，依稀有一种熟悉的味道。怎么可能？床上的东西是全部换过的，虽然，那雪极喜欢那一套开满淡紫色小花的卧具。单位募捐的时候，她咬一咬牙，把它们抱了去。办公室的人都围过来，看那华贵的包装。嘴里一片惋惜，说她大方，这么漂亮的东西——那雪笑一笑。漂亮。这世上有的是金玉其外的东西。当初，孟世代带她逛商场的时候，她一眼就喜欢上了这一套。家居区域的气息很特别，一张一张的床，美丽的卧具，薄纱的帷幔深处，随意散落着毛绒玩具，娇憨可爱，是浪漫温馨的家的味道。那雪慢慢地流连，看一看，摸一摸，认真地询问，仔细地比较。孟世代从旁看了，捏了捏她的手。那雪感到心脏深处有一点痛，渐渐弥漫开来，迅速掣动了全身。孟世代这是在提醒她了。或者说，警告。有必要吗？她怎么不知道，同眼前这个男人，他们没有未来。他们只有现在。至于家，更是她不曾奢想的。在北京，她的家，就是她自己的那一个小窝，简单，却可以容纳她所有的一切，包括伤痛，包括泪水，还有一个个全副武装的白天，以及无数个溃不成军的夜晚。就像今夜。那雪也不知道为什么，忽然就想流泪。不仅仅是因为孟世代。杜赛，也不是。她是为了她自己。

　　记得来北京那一年，正是秋天。走在校园的小径上，梧桐树金黄的叶子落下来，偶尔踩上去，发出嚓嚓的声响。池塘里，荷花已经过了盛期，荷叶倒依然是碧绿的。有一对情侣，坐在荷塘边的椅子上，头碰着头，唧唧咕咕地说着悄悄话。那一本厚厚的线装书，不过是爱情的幌子。那雪抬头看一看天，苍茫辽远，让人心思浩渺。秋天，真是北京最好的季节。那雪是在多年以后才知道，那最初的秋天，在她异乡的岁月里，是多么地绚烂迷人。而从那个秋天开始，之后三年的读书生涯，又是多么地宁静而珍贵。那时候的那雪，心思单纯。当然了，在叶每每的词典里，单纯这个词，并不是褒义，相反，单纯的同义词是，傻，迂，呆，没有脑子，没心没肺。可不是？同叶每每比起来，那雪简直就是一个傻丫头。谁会相信呢？那雪不会谈恋爱。竟然不会谈恋爱！叶每每每一回说起来，都是恨铁不成钢的口气，简直白白读了一肚子的书，简直是……叶每每把那雪的一头长发编了拆，拆了编，心里恨恨的，手下就不由得用了力，那雪咝咝地吸着冷气，骂道，狠心的。也就笑了。叶每每说得对。三年间，那雪身边从来都不乏追求者，其中，有的是钻石黄金品质的男孩子，至少，是很好的结婚对象。可是，那雪呢，硬是一个都不肯要。也不知道怎么一回事。直到遇到孟世代。叶每每冷眼旁观了许久，长叹一声，这一回，这个心高气傲的丫头是在劫难逃了。

　　叶每每是北方姑娘，却生得江南女子的气质颜色，骨骼秀丽，娇小可人，皮肤也是有红有白，水色极好。性格竟是北方的。在对待男人的态度上，最是有须眉气概，杀伐决断，手起刀落，十分地豪放爽利。这一点，令那雪不得不服。当初在学校的时候，有几个痴情种子，软的硬的，使尽了手段，把那雪纠缠得万般无奈，其中有一个，在网上贴了致那雪的公开情书，配上那雪的玉照数张，都是从那雪博客上下载的，点击量暴增，跟帖者无数，一时闹得满天星斗。最后到底是叶每每出马，把这个痴狂小子彻底搞定。直到现在，那雪也不知道，当年，叶每每究竟使了什么计，把那小子一剑封喉，从此风烟俱净。问起来，叶每每便说，什么计？美人计嘛。那雪嘴里咝咝地吸着凉气，说那牺牲也太大了点。叶每每大笑，又傻了吧，两性之间，哪里有什么牺牲？

四

仿佛还在下雨。并不大，零零落落的，落在一层的铁皮房顶上，叮叮当当地响。这一带老房子，主人大都是老北京人，最知道地皮金贵，一楼的人家，便依着窗子，搭起简单的平房，用篱笆围起来，便俨然是一个小的院落，种上一些花花草草，瓜瓜茄茄，便很有几分样子了。这种平房当然是有用场的。租出去，每个月就是一笔不小的进项。小民百姓的日子，最能显出民间的智慧。当初，就是在这样的小平房前，那雪认识了杜赛。那时候，同孟世代正是如胶似漆的蜜糖期。那雪几乎很少去孟世代的别墅。都是孟世代过来。为了这个，叶每每不知在那雪面前感慨过多少回。叶每每的意思，那雪应该去住孟世代的别墅。那么大的房子，孟世代一个人住，资源浪费是其一，二则呢，也可以把孟世代周围的花花草草清理一下。清君侧嘛，这是谋略。还有更重要的一条，跟这个已婚男人一场，图的是什么？如果不是婚姻，那么至少，也该有必不可少的物质享受。否则的话，岂不是虚掷华年？那雪呢，到底不脱读书人的迂腐，人又固执，听不得劝。直把叶每每气得咬牙。其实，那雪有自己的小心思。这一来和一往，不一样。孟世代来，而不是她那雪去。当然不一样。其间的种种微妙，她都在心里细细琢磨过了。去年北京房价回落的时候，那雪也动了买房的心。月供倒不怕，好在薪水还算不错。只是单这首付，就让人不得不把刚生出的心思斩草除根。叶每每问过好几回，孟世代，就没有一点说法？那雪不说话。她不知道该说什么。没错，孟世代有钱。区区一栋房子，在孟世代，不过大象身上的一根毫毛。可是，孟世代要是有这份心，也用不着她亲自开口。而且，即使孟世代愿意给，受与不受，受多少，如何受，那雪也一时踌躇不定。这不是衣裳首饰。这是房子。房子意味着什么？在这样的男女关系当中，房子意味着太多。直到后来，那雪也不愿意承认，当初，她是给自己留了退路。她深知自己不是叶每每。有很多东西，她还没有看破。

那一回，好像是个周一，那雪记不得了。应该就是周一。一般情况下，孟世代周末过来，却从来不住。周一早晨，那雪去上班。锁门，下楼。路过篱笆墙的时候，见一个男人站在那里，一下一下地刷牙。看见那雪，嘴里呜呜啊啊地说了句什么，看那手势，似乎是有事。那雪就站住了，看一眼手表。男人三下五除二漱口完毕，走过来，欲言又止。那雪这才看清他的模样，年轻，称得上俊朗，由于刚洗漱完的缘故，整个人看上去十分清新，空气里有一股淡淡的薄荷味道。早晨的阳光很明亮，有些晃眼了。那雪又看了一眼手表，等着他开口。有上班上学的人从旁边走过，一路摇着铃铛。那个人迟疑了一时，说，你们——以后能不能安静点——吵得人睡不着。那雪怔了一下，脸一下子就红了。那是她第一次见杜赛。

后来，那雪想起这一段的时候，总是情不自禁地脸红，心里恨恨的，却又不知道该恨谁。杜赛倒仿佛把这回事忘记了，从来也不曾提起过。那时候，杜赛在一家品牌咨询公司做设计师。那是一家很厉害的公司，在业界名头十分响亮。杜赛的样子，倒不像是那些光头或者小辫子的艺术家，戴耳钉，穿帆布鞋和带洞的破牛仔裤。杜赛也穿牛仔 T 恤，喜欢黑白两色，站在那里，说不出的干净清爽，一眼看上去，就是好人家的子弟。那雪是在后来才知道，杜赛是地道的北京人，胡同里长大的孩子，在京城，算是中等人家，却难得地有一种清扬之气。也不知道为了什么，长到这么大，那雪总觉得，即便是再衣冠整洁的男人，身上都有一股——怎么说——一股浊气。杜赛一直没有解释，他为什么要出来租房住，而且，还住这样简陋的小平房。杜赛不说，那雪也不问。那雪不是一个刨根问底的人。对孟世代也是。后来，有时候，那雪不免想，孟世代这样一个看惯风月没有长性的人，能同她走过这么久，除去容貌心性，大约就是喜欢她的这一条吧。用叶每每的话说，那雪你这个傻瓜，大傻瓜，天生就是他妈做情人的料。叶每每说这话的时候又是喝多了酒。餐厅里的人们都朝这边张望，搞不清到底哪一个女人是人家的情人。那雪低头把碰翻的酒杯扶起来，泼洒出来的红酒在桌面上慢慢流淌，迅速把洁白的餐巾纸洇透。绛红色的酒在纸上变淡了，有一些污。那雪从来没有见过那样一种暧昧的粉色。

现在想来，那一回，叶每每是一定受了重创。直到后来，那雪也不知道，一向铜头铁臂所向披靡的叶每每，怎么就不小心把自己伤了。

孟世代照例地忙。大江南北飞来飞去。是那种典型的会议动物。有一回，那雪在孟世代的电脑上查资料。看见桌面上有一个文件夹，名称叫作西湖。那雪犹豫了一下，还是打开了。全是照片。孟世代和一个女人。那郎情妾意的光景，看来正是你侬我侬的良辰。看日期，正是最近这一回出差。那雪对着那些照片看了半晌。关掉。网速很慢。那雪坐在电脑前，安静地等待。孟世代的声音从客厅里传过来，一声高，一声低，忽然朗声大笑起来。顾老——您放心——当然，当然——这件事，一言为定——

五

老居民区的好处是，树多。春夏两季，蓊蓊郁郁的，到处都是阴凉。那一回以后，再也没有碰上过杜赛。有时候，从楼下经过，那雪就忍不住朝小院里看一眼。房门紧闭，美人蕉开得正好。篱笆上爬满了喇叭花，紫色，粉色，蓝色，还有白色，挨挨挤挤，很喧嚣了。窗台上晾着一双耐克鞋，刷得干干净净。一条蓝格子毛巾，挂在晾衣架上，已经干透了，在风中飘啊飘。

　　有一天下班回来，那雪发现厨房里的水管坏了，跑了一地的水。正手足无措间，有人敲门。是杜赛。水漫金山了。杜赛说。一面就往厨房走，弯腰查看了一下，说，没事。管道老化，换一段新的就好了。那一回，为了感激，那雪留杜赛吃饭，杜赛竟一口答应了。那雪做了清蒸鱼，软炸里脊，拌了素什锦，煲了蘑菇汤。那雪的厨艺还是可圈可点的。酒是好酒，孟世代送她的法国葡萄酒。那雪喜欢红酒。那一段时间，那雪下决心要跟孟世代了断。她不接他的电话，也不回他的短信，即便是孟世代亲自上门来求她，她也绝不会再次妥协。当然了，她也知道，以孟世代的为人，怎么可能呢？人，有时候就是这样的残忍，尤其是，对在爱情战场上赤膊上阵而手无寸铁的人。也不为别的，只因为成竹在胸。杜赛端着酒杯，眼睛一瞬不瞬，盯着她看。那雪脸颊热热的，知道自己是喝多了。灯光摇曳，杜赛的影子映在墙上，高高下下，把整个房间充得满满当当。那雪有些恍惚。酒从喉咙里咽下，慢慢地涌流到全身。整个人就化作一池春水，柔软而动荡。后来的事，那雪不大记得了。只记得，她哭了。杜赛的身上有一种青草的气息，清新醉人。她感到自己滚烫的身子在青草地上不停地辗转，辗转。草木繁茂，把她一点一点淹没。夜露的微凉慢慢浸润她。彩云追月，繁星满天。她的指甲深深掐进杜赛结实的肩头，她叫了起来。不知道是汗水还是泪水，湿漉漉的，流了一脸。

那雪也不知道，那一晚，杜赛是什么时候离开的。她是真醉了。后来，听杜赛不止一回嘲笑她。一忽哭，一忽笑，梨花带雨，百媚千娇。杜赛在她耳边说，你知道吗？你那个样子——要多端庄有多端庄。杜赛。这个坏孩子。

有一度，那雪以为，或许同杜赛，他们是能够携手走过一段很长的人生的。那段日子，那雪对厨房充满了热爱。每天下了班，她做好饭菜，等杜赛过来。像一个十足的贤惠的妻子。吃完饭，他们做爱。杜赛是一个多么贪得无厌的孩子啊。然而那雪喜欢。他们一起上街，买菜，做家务。对生活，杜赛总是充满了灵感。杜赛把一个树桩子拿回家，左弄右弄，自己动手制作了一盏落地灯。杜赛把一个断柄的勺子做成漂亮的花插。杜赛，把暖气管用美丽的棉布包起来，那是什么呢？是令人心旌摇曳的"春凳"。杜赛喜欢即兴发挥。沙发上，书桌旁，阳台上，处处怜芳草。杜赛还喜欢在厨房里纠缠她，就那么站着，吻她。鱼在锅里挣扎，喘息，呻吟，尖叫。烈火烹油。鲜花着锦。一屋子的香气，一屋子的俗世繁华。杜赛。杜赛。这一切，全都是因为杜赛。

可是，谁会想得到呢？那一回，做俄式红菜汤的时候，发现盐没了。杜赛放下手头的事，出去买盐。此一去，再也没有回来。

杜赛不见了。

有时候，那雪会看着书架上那个没有完工的水果托盘发呆。那是杜赛随手放下的。用淘汰下来的筷子，巧妙地拼起来，已经有几分样子了。杜赛说，放洗干净的水果，顶合适。沥水，还透气。

后来，从楼下平房经过的时候，那雪会朝那篱笆墙里再看一眼。偶尔，一个女孩子张着湿淋淋的双手出来，警惕地看着她。那雪有些恍惚。杜赛。她没有找过他。从来都没有。那雪一直没有搬家。她想，如果他愿意，总会回来找她。他又不是不知道回来的路。

六

　　夜色空明。那雪在枕上转了转头，只听见耳朵里嗡嗡地鸣叫，让人心烦意乱。浑身的不适。仿佛枕头不是先前的枕头，床也不是原来的床。总之，翻来覆去，怎么都不对。那雪知道，这是又失眠了。时令过了白露，是秋天的意思了。夜间，已经有了薄薄的寒意。窗子关着，依然可以听见秋虫的鸣叫，唧唧，唧唧，唧唧唧，唧唧唧唧。楼下的墙根里，草丛还是绿的，泼辣辣的，一蓬一蓬。那些虫子，想必就藏在草丛中间。仿佛也不睡觉。也或者，是在梦里，也不知道梦到了什么，就情不自禁地叫两声。那雪把被子紧一紧，闭上眼睛。她也想不到，今天，竟然遇上了孟世代。从暧昧出来，叶每每接了个电话，说有事，要先走一步。那雪看她心神不定的样子，知道是有情况，就说好，路上当心——最好是让他来接你。叶每每笑，醉眼蒙眬。当然——必须的。
　　灯火阑珊，城市已经坠入梦的深处。从地铁里出

来，那雪站在大街上，一时有些茫然。离家还有两站
地。那雪决定走回去。街道两边的店铺，有些已经打烊
了，有一些，依然灯火辉煌。那雪在大街上慢慢走，在
一家咖啡馆门口，有两个人刚刚走出来，在路边等出租
车。那雪看那身形，心里一跳。竟然是孟世代。孟世代
也看见了她，便把身旁女人的手松开，佯作从口袋里掏
手机，口里打着招呼，你好，这是刚回来？那雪说你
好。身旁的女人像一只小兽，很警觉地看着她。那雪心
里一笑。看上去，这女人总有三十岁了，水蛇腰，大屁
股，单眼皮，嘴唇饱满，是那种十分性感的熟女。孟世
代咳了一声，仿佛打算介绍一下身旁的女人，话一出
口，却是，好久不见，还好吧？

夜风吹过来，爽利的，带着薄薄的轻寒。那雪也不
知道怎么回事，几年后的邂逅，竟然这样云淡风轻。看
来，有时候，人最拿不准的，不是别人，倒恰恰是
自己。

有一辆出租车呼啸而过。那雪走在便道上，还是下
意识地往里面靠一靠。裙子却被吹得飞起来，那雪下意
识地用一只手按住。不远处，路灯的昏黄里，有一个女
子扶着树干，把额头抵在胳膊上，长裙，长发，看上去

是十分讲究的装扮，无奈醉酒的人，再得体，也不免露出人生的落魄。那雪忽然有些担心叶每每。她边走边写短信。写好了，看了一会儿，想了想，到底删掉了。

七

国庆放假，那雪回老家。从京城到省城再到小镇，一路辗转，却也算顺利。一进门，却发现走错了。怎么回事？分明是那条街，却找不到那个爬满丝瓜架的院子。问人家，都摇头。那雪慌了，我是那雪，那雪啊。那家的老二。

醒来的时候，天还没有大亮。那雪感觉脸上湿漉漉的，浑身是汗。却原来是一场梦。

外面的天阴沉沉的，看样子，想必还有雨。一场秋雨一场寒。或许，就真的这样凉下来了。

「那 边」

半夜里，不知怎么就闹起别扭来了。

小裳把身子一拧，躲在被窝里悄悄流泪。老边躺着没动，一下一下喘粗气。半晌，听见窸窸窣窣的，好像是在找烟。小裳这一回本来没有打算大闹，见他这样子，心里恼火，往日的千种冤仇顿时涌上心头，一下子掀开被子翻身坐起来，眼睛直直看着他，想开口骂，却一句也骂不出。只好抄起一个枕头，直直扔过去。老边一面抵挡，一面恼怒道，干吗呀这是，大半夜的。小裳哭得一噎一噎的，泪水急雨一般流下来。

迷迷糊糊醒来的时候，天已经大亮了。在枕头上侧耳听一听，四下里静悄悄的，老边好像是出去了。窗帘还没有拉开，一道金线从缝隙里溜进来，反射在梳妆台的镜子里，拐了一道弯，又落在旁边的一盆大叶绿萝上，弄得满枝的金叶子银叶子，十分耀眼夺目。小裳又侧耳听了听，果然没有动静。也不好意思叫。只好慢吞吞起来。

客厅也静悄悄的。衣架上外套没有了，那双大拖鞋也在门口孤零零躺着。深咖色手提包却还挂在那儿，方方正正，若无其事的样子。小裳心里疑惑，有心打电话试一试，终究还是罢了。

胡乱吃了早点，一个人闷在卧室里生气。床上地上乱糟糟一片，她也无心收拾。枕头在地上躺着，面巾纸一团一团，好像是开败的玉兰花，被风雨摧折下来，脏兮兮皱巴巴，又凌乱，又沮丧。林妹妹在微信里跟她说话，她回了一个快哭了的表情。林妹妹果然就把电话打过来。小裳心里冷笑一声。这林妹妹，真是事事沾身。林妹妹在电话里问她怎么了，是不是公司那个小贱人，还是老边欺负她了。小裳只说没事。再问，就不说了。林妹妹咬牙道，打掉牙齿往肚子里咽——那你自己难受去吧。一副恨铁不成钢的口气。小裳也无心跟她争辩，只好不说话。林妹妹只管噜里噜苏地诱导。见小裳咬紧牙关，问不出什么来，气道，算我多事儿，你就自己闷着吧。啪的一声就挂了。

这林妹妹跟小裳是闺蜜，姓林，因为生得娇弱，又爱小性儿，动不动就恼了，一张狐狸脸，一副多愁多病身，人送外号林妹妹。人家叫她，她倒也不恼。都说这林妹妹多愁善感的，是个多情的，情路坎坷是注定了的。不想人家倒一路顺风顺水的，谈恋爱，结婚，生孩子，一顺百顺。众人都啧啧称奇。这世上的事真是难料。恐怕连她自己都纳闷，怎么忽然就这样了呢？年轻的时候，都以为自己应该跟旁人不一样，谁知道到最后，却是最平凡不过的那一条路。好像是神话里的仙女，从云端一步一步走下来，一脚就跌到了人间。

百无聊赖的，坐在镜子前面折腾那张脸。眼前摆满了瓶瓶罐罐，全套的兵器，都是老边给她买回来的。老边的一句口头禅是，女人嘛。小裳总是忍不住追问一句，怎么啦？老边不答。小裳就不依不饶的，问你呢，女人怎么啦？老边还是不答，只在她脸蛋儿上捏一下，就去忙别的了。小裳心里不甘，跑过去赖在他身边，非要逼问出个一二三来。老边就笑道，女人就是用来宠的嘛。

手机响了一下，她赶忙拿起来看。却是妈。她看着那个未接电话，叹口气。妈总是这样，响一声就挂了。

也不知道是怕费长途电话费，还是怕她忙着，不方便接。磨蹭了半晌，到底还是打过去。妈在电话里照例是絮絮叨叨的，高八度的大嗓门，好像在跟谁吵架，又有一种说不出的烦躁在里面。妈问她怎么样，跟那个小杨，还好吧。还没有等她回答，却又说起了家里的琐事。婆媳两个又吵了一架。她爸简直就是个滥好人。光知道和稀泥。父子两个都一样，没有血性，不像个男人。兵兵闹这一场病，怎么就都赖到她头上了。真是没良心。喂不熟的白眼狼。医药费都给他们拿出来了，还要怎么样？小裳把电话放在一旁，任由那高亢的声音在房间里回响。也不知道怎么回事，好像是，老家总有一箩筐的烦心事等着她。以前倒不觉得。是从什么时候开始的呢？她想了半晌，也想不出。妈在电话里问道，喂，你在听吗，小裳？小裳赶忙应道，听着呢。妈叹气道，你哥他挣不来钱，她就跟我闹，把气都撒到我身上了。养儿子有什么用？一辈子受气受累。儿女是冤家哪。她见妈还要说，一口截断她，道，明天吧，我再给家里寄钱回去。没等她妈说话，就挂了。

镜子里那张脸，粉白脂红，没有一丝瑕疵，完美得叫人觉得虚假。平日里，她几乎是素面朝天的。为这个，林妹妹不知说过她多少回了。老边倒是淡淡的，不说好，也不说不好。她怎么不知道，老边喜欢她干净俏丽的样子，那些个粉黛胭脂，倒把她耽误了。老边自然没有这么说，只是痴痴看着她，看着她，半晌，叹口气道，天生丽质难自弃。小裳笑得一口茶差点喷到他脸上，笑着笑着，泪水却慢慢流下来。老边慌了，问她怎么了，好好的怎么哭了。小裳只是不理。

一大枝水竹探头过来，在镜子里横斜着，绿绿的十分精神。小裳对着镜子试着笑一下，再笑一下。老边总说她笑起来好看。当初，他就是被她的笑容给迷住了。那一回，好像是在一个乱哄哄的饭局上。也记不清是谁张罗的，人挺多，很大的桌子，华丽繁复的大吊灯，几乎就要垂到桌子上了。小裳坐在魏总身边，不断抵挡着魏总那肥胖的毛烘烘的胳膊。魏总是她的老板，对她一向是虎视眈眈的。这样的饭局，也常常点名带她陪同。她心里厌恶，却不敢不来。这魏总出了名的心狠手辣，她也不知道，这一劫她是否能够逃得过去。正是盛夏，屋子里冷气很足，她的手心里却湿淫淫的，都是汗。众人都在闹酒，一声一声的，屋子里的灯光好像也跟着一晃一晃，动荡不安。忽然间觉得对面有人看她。抬眼望去，却见一个男人，举着半杯红酒，一面慢慢摇晃着，一面透过那酒杯的边缘朝她看。她只好仓促地微微一笑。后来，老边跟她说，她那一笑，好看极了。就像，就像，就像黑夜里一朵花，忽然开了。

老边虽说是个生意人，骨子里却有那么一点文艺。据说当年老边也是一个读书人，后来辞职下海做生意，起起伏伏，最后倒是做得不错。具体做什么生意，老边不说，小裳也从来不问。在这一点上，小裳懂得克制。她怎么不知道，老边虽然嘴上不说，心里却是喜欢的。喜欢她这样懂事。还有，对于老边的私事，小裳也从来不问一个字。倒是有几回，老边自己提起来。去旅行了，欧洲。这个年纪了，还喜欢冒险。又跟我闹了，怕是更年期。都是秃头句子。她不知道该怎么搭话，心里却是明镜似的，他说的是谁。倒是从来没有听他提起过孩子，好像是，他们没有孩子。都这个岁数了，怎么没有孩子呢？莫非是，那女的有什么毛病？小裳心里一动。她可以生呀。她这么年轻。也只是这么随便一想，就过去了。老边。要是真的让她跟老边过一辈子，她愿意吗？对于这个问题，她从来不愿意去想。有时候，夜里睡不着，朦胧中她看着枕边这个人，越看越觉得陌生。白天的时候，在人前，老边衣着得体，谈吐不俗，还是一个有风度的男人。年龄倒给他平添了沧桑的魅力，镇定，从容，波澜不惊。可是，有谁知道他睡觉的时候呢？一彻底放松下来，整个人就显出年纪了。眼袋，法令纹，下巴，脸部线条，都松弛下来。嘴巴微微张开，有一种深深的，怎么说，疲惫感，还有风霜味道。头发也该染了，白发从根部长出来，在暗淡的灯光下尤其刺目。肚子已经凸起来了，身上的皮肤也松了。她想起章同学那结实的腱子肉，硬硬的，生铁似的，掐都掐不动。枕边这个人，竟然完全是一个老男人了。就算是在最热烈的时候，他也有点力不从心了。拼命地动作着，却只是徒劳。她在他身下躺着，好像是一盆烈火，被淅淅沥沥的细雨淋湿了，一忽冷，一忽热，一忽生，一忽死。也不是悲哀，也不是沮丧，恼火也不是，愤怒也不是。黑暗中，章同学的影子凶猛地覆盖下来。滚烫的亲吻，急不可耐的抚摸，强健的肌肉，光滑平坦的小腹，长腿蛮横霸道，柔韧有力。初夏的清晨草地一样的味道，带着新鲜的泥土的腥味。她感觉有什么东西流了一脸，也不知道是泪水，还是汗水。章同学。她以为她早已经把他忘掉了。那一个晚上，她打算好了跟他摊牌。她不想跟他一起回他的老家，也不想回她的老家。他说不是说好了吗，都说好了的。为什么，为什么？是不是她喜欢上别人了？还是……她被逼问得无法。她不想离开北京。她爱死了北京，也恨死了北京。她的声音在深夜的北京街头回响。霓虹灯泼了他们一身一脸，他的牛仔裤，还有她的长发，都被弄得红红绿绿，魔幻的，怪异的，陌生的，变形的，有一道蓝紫的光跳跃着，劈头盖脸落下来，正好把他们切开。街上有行人匆匆走过，不知道从哪里来，也不知道要去哪里。没有人回头看他们一眼。她拉着他的手，去附近的钟点房。房间里灯一直开着。她好像是疯了一样，那一夜，她成了这个世界上最放纵的女人。直到如今，她还记得他当时的神情，惊诧，狂喜，迷醉，疯狂。窗子上树影摇晃，夜色忧伤，撩人。仿佛是满月。这么几年了，她的心渐渐硬起来了。她以为，自己早已经慢慢把他忘掉了。谁会料到呢？在别的男人的床上，她竟然一次又一次想起他。不是别的，竟然是那一回，他们仅有的一次欢爱。

　　林妹妹的微信一直没有动静。可能是忙工作，也可能是忙她那宝贝儿。她总笑话林妹妹没出息，一口一个老公，一口一个孩子，天天在微信上晒的，不是美食，就是家庭教育夫妻关系什么的鸡汤文。生活这东西，实在厉害，什么时候，把一个不食人间烟火的林妹妹，调教成了一个貌似贤良的平庸妇女了。对这一点，小裳又羡慕，又有那么一点看不上。相比起来，她的人生就曲折多了，也丰富多了。小裳看上去安安静静，其实内心里，只有她自己才知道，是有那么一点疯狂的气质的。喜欢幻想，喜欢冒险，喜欢不平凡。她总觉得，她一路从芳村念出来，一直念到了北京城，吃了那么多的苦头，受了那么多的罪，这不应该是最后的结局。跟章同学那一段恋情，不是。在魏总手下做文案，也不是。跟老边这样，也不是。虽说是衣食无忧，还打着美丽的爱的幌子。可谁会相信呢？有时候，跟老边缠绵过后，她一个人在空空的房子里，失声痛哭。她这是做什么呢？想当年，她也是一个清白人家的好姑娘。勤奋，上进，肯吃苦，成绩优秀。清贫是清贫，可浑身上下有一种东西，向上的，明亮的，清扬的，未来就在不远处徐徐展开，不管是锦绣，还是荆棘，她都不怕。她年轻，有的是一腔热血。她什么都能承担。可如今呢？她觉得自己好像陷在一个泥潭里，越是挣扎，越是泥足深陷。有时候喝醉了，醉眼蒙眬中，看看前路凶险，她也想过回头。可是，回头一看，山一重水一重，山高水长，回去的路，她竟然再也找不到了。

老边还没有回来。窗子半开着。牙黄色的阳光洒满窗台，说不出的寂寞，还有虚无。不知道谁家在炖牛肉，香气一阵一阵飘过来，混合着暖暖的风，是家常的世俗的气息。也不知道，老边是去公司了，还是回那边去了。那边，是老边的说法。有时候，说起来，就说，回那边一趟。从那边过来。小心翼翼的，一面说，一面看她的脸色。她心里恼火极了。什么这边那边的。这么暧昧。索性就说大房二房好了，也来得痛快。还有老边那小心翼翼的样子，也实在可恨。他怕什么呢？怕她跟他闹，还是怕她真的伤心？ 小裳心里冷笑一声。记得有一回，也是老边从那边过来，神清气爽的，脸色红润。小裳瞟了一眼那件新毛衣，深咖色，高领，干干净净的，什么花样都没有。老边见她看，忙说新的，纯羊绒，是从鄂尔多斯买回来的。又是秃头句子。她心里恼火，笑道，谁买的呀？老边没料到她这么问，迟疑了一下，才勉强笑道，好了好了，别闹。说着就去洗手间洗手。她站在原地没有动。电视里正在演一个肥皂剧，一对男女，邂逅，调情，缠绵，镜头渐渐虚化，只剩下窗外的风景，越摇越远，越摇越远。他从洗手间出来，见她还在原地站着，便笑道，好了，吃饭去。她一下子把他的手打掉，笑道，问你呢，谁买的？他赔笑道，不闹好吗？明天，让小夏陪你去逛街。她气道，又拿小夏打发我。我要你陪。他依然笑道，我有个很重要的会。等以后啊，一定。她心里冷笑一声。以后？以后是什么时候？她和他，是不是还有这种叫作以后的东西呢？

天气很不错。这个季节，是暮春。万物都疯长起来了。阳光软软的，风也是软软的，风里弥漫着花草的甜腥。楼下正对着一个小花园，有割草机正在轰轰轰轰工作。浓郁的青草的味道，夹杂着泥土的腥气，湿漉漉的，新鲜得有点刺鼻。从窗子里望出去，雾蒙蒙一片，也不知道是烟霭，还是灰尘。这时候，玉兰都快开败了。白玉兰，紫玉兰，硕大的肥美的花瓣，一树一树的，看上去倒还好，其实是开到了极致，内里开始衰败了。这个小区，环境还算是幽静。小裳这个人，太热闹了不行，太冷清了呢，也不行。这房子的好处就是，闹中取静。推开窗子，就能听见喧哗的市声，远远的，若有若无的，跟自己不太相干。好像是在戏院里看戏，坐在高高的台阶上，俯身一看，就是戏里的繁华人生。遥遥的，饶有兴味的，隔着适当的安全的距离，再怎么，戏台上滚烫的泪水都不会溅到自己身上。要是太偏僻了呢，小裳也不喜欢。老边在郊外的那一个小别墅，她也是去过的。四周都是山，林木，寂静的小路。很少见人。安静倒是极安静，却好像是跟外面的世界隔绝了。京郊么，毕竟不是北京城。在郊外的感觉，孤零零的，仿佛是被北京抛弃了。微信朋友圈闹腾得不行，但都是伪装的，虚假的，带有表演性质的，各种秀。她喜欢的，是热腾腾的世俗生活，真实的，没有修饰过的，不在别处，就在京城的核心地带。这栋房子，即便是林妹妹，也没有来过。老边的理由是，低调。要低调。老边说你们可以在外面吃饭啊逛街啊喝咖啡看电影，为什么非要到家里来呢？是啊，为什么非要到家里来呢？是不是老边也看出来了，小裳貌似淡泊，其实有一颗虚荣的心，不为别的，就是想炫耀一下，想让林妹妹亲眼看一看，她在北京核心地段的富人生活。林妹妹的小家她也是去过的。八十平的房子，两居室，每个月还房贷，要还二十年。二十年。二十年后的林妹妹，会是什么样子呢？她不敢去想。房间里家具都是浅色调，简洁明快，没有一件多余的赘物，没有夹缠不清的历史，只有未来，干净的，清白的，正常的，有一种简单的寒碜的快乐在里面。好像是林妹妹的婚姻生活。那时候，他们刚生了宝宝，房间里到处都是尿布，婴儿的啼哭，热烘烘的叫人脸红的奶腥味。林妹妹穿着睡衣，红润，饱满，好像汁水充盈的肥美的桃子，一碰，就会有汁液喷溅出来。小裳看着她把紫红肥大的乳头塞进那皱巴巴的婴儿嘴里，脸上带着一种近乎愚蠢的陶醉和满足，心里怦怦乱跳着，也不是紧张，也不是恐惧，羡慕也不是，喜悦也不是。她忽然感觉自己浑身燥热，嘴唇干燥得厉害，身上也干燥得厉害。好像是她自己的水分，瞬间都被林妹妹吸干了。她就那样干巴巴坐着，傻乎乎的，在那个拥挤的房间里，好像是自己凭空长出很多胳膊和腿，横七竖八的，满屋子都是胳膊和腿，简直拥挤得不行。她逃也似的离开林妹妹的家。林妹妹的丈夫，那个高高大大的年轻男人，把她送出来，搓着两只手，像是羞涩，又像是紧张。这个男人，也不过是二十六七岁吧，小公马似的，浑身上下散发着青涩的莽撞的气息。什么都是新鲜的。什么都是第一次。在生活这条河流里，顺风顺水，还不知道什么叫作风浪。穷倒是真的穷。可谁能料到他的未来呢？不像老边。人生已经走过了大半，努力拼过，跌过跟头，吃过苦头，在江湖上沉浮过，在欢场上也跌宕过。如今功成名就了，对什么都是笃定的，有把握的，胸有成竹。神情呢，总是淡然的，带着微微的笑意，有一点驾轻就熟后的疲惫，还有因为缺乏挑战性带来的微微的厌倦，和不耐烦。法令纹很深，乍一看好像是在微笑，仔细一看，却不是。有一种不怒自威的意思。当初，对他这些，她是那么着迷。他纹丝不乱的头发，品质精良的衣裳，他的微笑，不经意的一瞥，身上淡淡的香水味道，都令她感到一种深深的震撼。不是喜欢，是震撼。她不得不承认，当初，是她诱惑了他。凭什么呢？他端酒杯的姿势，眼神，沉默带给人的威压，微笑里藏着的那种傲慢。凭什么呢？她内心里那一种疯狂的气质蠢蠢欲动，她感到自己被激怒了。她款款起身，去了洗手间。不用照镜子，她也知道，镜子里那个女孩子，算不上多么漂亮，但是她年轻，有一种新鲜的青春的魅力，从柠檬色的薄衫里面喷薄而出。她试着朝着镜子里飞了一眼，娇嗔一笑。好像是黑夜里的花，忽然开了。老边说这话的时候，是在他们熟识了以后，在床上。怎么说呢，当初，她并没有料到这个结局。她不过是一个姿容平凡的女孩子，在被一种莫名其妙的情绪激怒以后，一种反击，一种试探，一个小小的，恶作剧。说得无聊一点，她不过是想试试自己的魅力。这个所谓的成功男人，傲慢，冷淡，彬彬有礼，看上去好像是一个坚硬的堡垒，刀枪不入。她倒是想要看一看，这个坚硬的堡垒，在她的大好青春面前，究竟怎样渐渐出现第一道缝隙，甚至，在她的威力之下，一点一点，土崩瓦解，烟消云散。小裳也知道这想法的无聊，甚至卑鄙。她这是要做什么呢？好好的一个女孩子，竟然有这么可怕的念头，真是疯了。有心告诉林妹妹，到底忍住了。自然了，闺蜜是分享秘密的人，可是，有的秘密，心底深处最私密的那些个不可告人的念头，还是悄悄藏着的好。比方说，那一回，从林妹妹家出来，她眼前老是晃动着林妹妹那一对鼓胀胀的乳房，紫红的肥大的乳头，淡青的血管在白皙皮肤下暴出来，婴儿贪婪的吞咽声，撩拨得她心里乱糟糟的。忽然间那柔软的婴儿的小脑袋不见了，变成了她丈夫，那个高高大大的年轻人，浓密的头发，棱角分明的脸。她感觉身上一阵燥热。也有时候，跟老边亲热的时候，她抚摸着老边已经松弛的皮肤，眼前幻化出别的男人的脸，章同学，高中英语老师，男影星，甚至是一个男客户，地铁上偶遇的戴眼镜的男人，还有，还有林妹妹羞涩不安的丈夫。她幻想着他们，攀爬着，攀爬着，在浓稠的昏暗的夜色里，终于抵达了情欲的巅峰。

老边还没有回来。她懒懒地烧水，泡茶，准备给家里的花草浇浇水。临着落地窗是一个小茶吧。她喜欢坐在这里，一面喝茶，一面看看窗外。老边的意思，是要用一个阿姨，做做家务，也顺便陪一陪她，见她执意不肯，也就依了她。她可不愿意家里多一个外人，躲在暗处，偷窥她的生活。就连那个小夏，她也不喜欢。小夏是老边公司里的一个秘书，看上去倒还安静，但她总觉得，小夏的眼睛深处，有一种说不清道不明的东西。小夏经常被老边派过来，陪她逛街，吃饭，购物，有时候也帮她做做卫生。小夏二十多岁，好像比她还要小两岁。据说是刚研究生毕业，学的是专门史。也不知道怎么回事，竟然来老边公司做了文秘。问起来，也是语焉不详的。小裳就不再问了。谁没有难言之隐呢？就像她，研究生不是也学的古典文学，一肚子的鸿鹄之志，想要在这个城市里展翅高飞的，谁想到呢，竟然一步一步，就走到了如今。论起来，两个人同一所大学毕业，算是校友。但小裳对此只字都不愿意提起。也不知道，老边这种安排，是偶然呢，还是故意。见到小夏，小裳就会被勾起很多往事。关于校园，读书，梦想，还有，章同学。小夏呢，倒是特别懂事。该问的问，不该问的不问。周到，细心，知情识趣，又善解人意。称呼老边为我们边总，称呼小裳，叫姐，一口一个姐，十分亲昵自然。小夏人长得平常，却干干净净。这个老边，在有些细节上，还是肯用心的。窗子前面这个小茶吧，就是老边的主意。有时饭后，他们两个相对坐着，喝茶，聊天，看着窗外满城的华灯闪烁，直把小裳看得痴痴的。恍惚之间，脚下的那个璀璨的城市才是真正的人间，而此时，她是在梦里醒着，是那沸腾的人间生活的旁观者。

　　手机响了。却不是她的手机。在老边的手提包里，她找出了一个苹果六。这个手机她没有见过。老边那一个，是华为的。她看着那红灯一闪一闪的，是短信提示，她犹豫着要不要打开看一看，或者是，还依旧把它放回手提包里，随他去。她慢慢喝着热茶，一小口一小口，很珍惜的，好像是怕烫了嘴，又好像是，怕一口喝光了，就再也没有了。老边他，究竟是一个什么样的人呢？他不过是贪恋她金子一样的年华，她年轻火热的身体，她的娇羞可怜，亦嗔亦怨。他不止一次在她耳边喃喃低语，小裳你真好你真好。他的脸因为激动而扭曲，黑暗中，他的眼中晶莹，好像有泪光。她轻轻安抚着他，内心里却丝毫不为所动。那边。逢这个时候，她总是想起来，那边。这边。那边。他往返于这边那边之间，游刃有余。好像是走钢丝的高手，惊险的平衡之外，还有旁人难以体会的刺激的快感吧。她甚至很少为了这个跟他吵架。吵架也是需要激情的。男女之间更是如此。从一开始，她就清晰地知道，她并不爱他。他也未必真的爱她。她和他，不过是人生苦渡中的一段孽缘，渡人谈不上，至于渡己呢，更是荒唐。或者，取暖？仅此而已。至于缘起缘灭，只能顺其自然了。手机又响了一下，好像是短信的提示。她想了想，终于跑过去，把手机拿出来看。有两条微信。干吗呢。想你了。她看着那微信头像，头皮一炸，脑子里轰隆一声。

这种阿里山老姜红茶，还是老边从台湾带回来的。初喝有一点辛辣，微苦，越到最后，倒越有一股回甘了。这两天有点肚子疼，好像是要来好事了。她抱着杯子，一小口一小口喝着，身上就慢慢出了一身热汗，只觉得身心熨帖。她早该想到的。除了她，老边还会有别的女人。那边的那一个，不算。那边，不过是老边的后院，根据地，老边的诸多社会角色中，能够拿上台面来的其中一种，正常的，光明的，符合社会伦理对一个成功男人的要求和期待的。至于老边到底对那边有多少情意，谁知道呢。他们是夫妻。想当初，他们一定也是爱过的，有过盟誓，有过婚约，有过白头偕老的决心。可是，有时候，生活就是这样不讲道理。是什么时候呢，那一个人，那一段恩爱，在小裳这里，就成了那边。谁敢说，在别人那里，小裳这一段金子一样的年华，就不是如此呢。她早该想到的。只不过，她是太怯懦了。也是太自负了，想着人生的戏剧，是否会在她小裳身上出现奇迹呢。毕竟，他们在一起的时间还不算长，才不到两年，对彼此，还有好奇心及探索的欲望，还没有来得及产生厌倦，还有这种情感最后必将导致的，怨恨。她心里冷笑一声。她还是太高估自己了，也高估了老边，高估了男人。窗子底下，小花园里，有人在散步。一个老先生坐在轮椅上，脸上淡淡的，看不出什么。那个老太太，推着他慢慢走，脸上也是淡淡的。看上去，总也有七十岁了吧，穿得干净体面，住在这个小区的，该是上等人家。这么漫长的一生，他和她，是怎么熬过来的？那个老先生，脸色郑重，甚至，有点岁月悠长所馈赠的慈祥安宁，看上去倒还是一本正经，谁知道他的内心呢？玉兰花开了，木槿也开了，还有月季，红的黄的粉的，榆叶梅也开得热闹。他看着这些花瓣，是不是也会忽然想起，年轻时候，有一张花瓣一样鲜美的脸，跟身后的年迈的妻子无关？她早该想到的。

楼下的邮局人不多。她取款，填单子，汇钱。那个胖姑娘抬头看了她一眼。她早该认识她了吧。她胖胖的一双手在电脑键盘上噼里啪啦一阵敲打，她的手可真胖，手背上甚至有几个深深的小窝，婴儿一般。她填完单子，打印，熟练地点钱。她一定在想，这个女人，穿着价格不菲的裙子，限量版大牌包包，却神情落寞，每个月都来这里汇钱，一大笔钱。看地址，应该是乡下老家。王翠兰，应该是她妈妈的名字吧。看样子，应该就在这个小区住，高端小区，在北京，算是富人聚集的地方。她看上去也不大，年纪轻轻，她凭什么呢？说不定就是传说中的那种女人。她又看了她一眼。看着她把那个精美的红色羊皮钱夹装进包里去，轻轻叹口气，想，那个王翠兰，倒是挺有福气。可是，她知不知道实情呢。她撇撇嘴角，又看了她一眼。这一回，小裳也回了她一眼。认真的，警告的，严厉的，带着一种挑衅的意味。她慌忙垂下眼帘。哈，她到底是胆怯了。胖姑娘，你还这么年轻，不出意外的话，终生将困在这个昏暗的小邮局里。对于生活，你懂得什么呢？

天色渐渐暗下来了。她坐在窗前，看着那一窗的斜阳渐渐枯萎下去。手机好像是睡着了一样。手提包里那个苹果六，也没有再响起过。老边他不会吧。从前，两个人闹了别扭，大多都是老边软下身段，给她赔罪的。有时候，她偶尔也主动一次。女人么，总要懂得给男人台阶的。每一回，只要她一给台阶，老边也就兴高采烈下来了。可是这一回，怎么回事呢？难道是，老边要趁机跟她摊牌？或者是，老边是真的没有看见那些个短信和电话，也未可知。风从窗子里溜进来，把纱帘弄得左右摇曳。城市的灯火次第绽放开来，市声遥遥地传来，繁华和热闹，都是跟她不相干的。楼下的小花园笼罩在暮色里，被弄得一重一重阴影，层层叠叠的，幽深，昏暗，诡异，好像隐藏着巨大的秘密。她看着窗外。此时的城市，仿佛一个深渊，她立在窗前，好像是立在深渊的边缘。灯火在脚下一点一点亮起来了，越来越多，越来越繁密。她看着，看着，只觉得头晕目眩，越看越看不清楚。

门铃响的时候，她一下子跳起来。竟然是送快递的。她木然地签字，收货。好像是一套睡衣，鸽灰色，丝绸绣花，是她买给老边的。她从钱夹里抽出一沓钱，递给他。那人惊讶道，已经网上付费了。她不答，执意塞给他。那人不要，夺门想走。她一下子愤怒起来。

屋子里已经完全被黑暗淹没了。只有落地窗子上，隐隐反射出点点灯光，闪闪烁烁，也不怎么确定，好像梦幻一样。她蜷缩在沙发的榻上，身上一阵冷，一阵热。那人早已经走了。空气里有一股湿漉漉的腥甜的味道，混合着强烈的男人的汗味儿。头晕乎乎的，她怎么也想不起来，她和那个人，是怎么纠缠到一起的。只记得，他的喉结粗大，他的手脚骨骼也粗大，他强壮的身体压迫着她，滚烫的，坚硬的，粗鲁的，小公马一般。她大声尖叫着，感觉自己就要融化了。电话忽然响起来，一声一声的，催逼着。她的叫声，跟那电话铃声应和着，越来越紧迫，越来越急促。章建强。她一脚跌进万丈深渊里去了。

手机却响起来。她把睡袍掩一掩，懒懒地躺着，不想动。屋子里更加昏暗了。窗子上那一点点灯光，流离闪烁，捉摸不定。

北京的黑夜，真的来临了。

「无衣令」

一

快过春节的时候，小让有点坐不住了。

北京的这个冬天格外冷。却没有雪。真是怪了。要在往常，一进冬天，雪就像春天的情书似的，一场又一场，把整个城市都给覆盖了。小区门口总有一些闲人，袖着手，穿得鼓鼓囊囊的，吸着鼻子，跺着脚，说说闲话，偶尔，仰脸看一看天色，说，这天。看这天干得。就有人搭腔了，听预报说，下周，怕是要有雪了？是商量的口气。有人哧的一声，笑道，预报也敢信？如今的事，谁说得准？就都不说话了。

小让站在窗前，看着风把地上的枯叶吹起来，一扬一扬地，落在不远处的一个自行车筐里。一只麻雀在地上蹦来蹦去，倒是肥嘟嘟的，喊喊喊，喊喊喊，很是耐烦。这一个小区，都是 20 世纪 80 年代的楼房，旧是旧了。树却多。大片的绿荫笼着，让人觉得安宁。当初，小让搬过来的时候，一眼就喜欢上了这里的树。房子不大，是一套小两居。老隋的意思，先过渡一下。过渡嘛，肯定是简陋一些。小让嘟着嘴，不说好，也不说不好，只顾低头玩手机。老隋说那什么，晚上，我们去喝老鸭汤，要不，先去新光天地？小让就不好再不说话了。小让知道，老隋这是讨好她。没办法，老隋会这个。小让觉得，老隋是那种会讨女人欢心的男人。这让小让喜欢之余，又有那么一点担心。

老隋并不算老。四十多岁。四十六？还是四十七？小让到底没有搞清楚。每一回问起来，老隋总是调侃，怎么，嫌我老了？要不就是自嘲，老喽，真老喽，奔五了都。小让就不好再问。管他！四十六，或者四十七，有什么区别呢？总之是，老隋比自己大。当然得比自己大。小让这个年纪的女人，二十八岁，按芳村的眼光，不年轻了。即便在偌大的北京城，也仿佛是一粒浮尘，茫然地飘来飘去，一眨眼的工夫，就被湮没了。有时候，从报社下班回来，走在喧闹的大街上，小让总是感觉特别地茫然。大街上那么多人，车，像潮水，一浪又一一浪，是要流向哪里呢？

　　小让在一家报社做保洁。活儿倒是不累，从三楼到五楼，走廊，楼梯，卫生间，都是她的工作范围。不过是洒洒扫扫，和甄姐两个人，轮流值班，一周还有那么两天休息。小让对这份工作还算满意。

　　说起来，这份工作，还得感谢人家老隋。要不是老隋，小让做梦也想不到，自己还能够在这么堂皇的大楼里上班。刚来北京的时候，小让在一个老乡的小饭馆帮忙。饭馆的门面不大，专卖驴肉火烧。生意倒是十分火爆。小本薄利，只雇了一个人，就是小让。另外一个，是老板娘。忙碌起来，简直是四脚朝天，没有片刻闲暇。有一回，小让给旁边小超市送外卖，一进门，同一个低头往外走的人撞了个满怀。驴肉火烧滚了一地，驴杂汤也碰翻了，淋淋沥沥洒得到处都是。小让一下子蒙了。那个人骂道，怎么走路，没长眼睛啊？小让一时气结，这人怎么不讲理？正要同他理论，那个人却笑了，说真不好意思，你看这事——没烫伤吧？

　　小让是在后来才听老隋说，她生气的样子，真是可爱极了。这话小让听了有一些难为情，心里却是喜欢的。小让从来没有问过，老隋喜欢她什么，但小让知道，自己长得好看。在芳村的时候，小让就是让人眼馋心痒的小媳妇。为了这个，石宽的一颗心老是悬着，放不到肚子里。小让就逗他，干脆，你把我拴裤腰带上算了。石宽说，你当我不敢？

二

老隋第一回请小让吃饭，是在一家川菜馆。小让不能吃辣，一张脸红扑扑的，血滴子相似。嘴唇也是鲜艳的，眼睛里波光流转。老隋在对面都看得呆了。小让不停地举杯，大口喝啤酒。冰爽的啤酒，让她觉得痛快。来北京之前，小让没有沾过酒。喝酒从来都是男人们的事。芳村的女人们，有几个会喝酒呢？可是今天，她高兴。真的高兴。这么大一个馅饼，咣当一下砸自己头上了。说出去，谁会相信呢？老隋倒是不怎么喝，只是不停地给她夹菜，让她多吃些鱼。老隋说这家的湘水活鱼很地道，肉嫩，汤鲜，铁狮子坟附近，独此一家。小让看着老隋仔细地帮她择刺，把鱼肚子夹到她面前的小碟子里。老隋的手白皙肥厚，像女人。小让举起酒杯，

说，谢谢，谢谢隋大哥！老隋把身子向后面靠一靠，呵
呵笑，这话说得，见外了。小让说隋大哥，你是我的贵
人。老隋说小让，看你，这么客气，小事一桩。小事
一桩。

三

电话安静地趴在桌子上，没有一点动静。手机也一
直静悄悄的。小让拿着一块抹布，不停地擦擦这，抹抹
那。小让爱干净，用石宽的话，衣裳穿不破，倒让她给
洗破了。阳光透过窗子照过来，像一个苍白的笑脸。暖
气倒烧得还算好。可是小让只觉得屋子里清冷。原先，
阳台是敞开式的，老隋请人做了一下改装，更严实了。
小区里都是老北京居民，生活各方面都很方便。小区里
有菜市场。周末的时候，小让经常买了新鲜蔬菜鱼肉，
下厨给老隋做饭。老隋呢，对小让的厨艺总是赞不绝
口。小让受了激励，菜做得越发好了。小让惊讶地发
现，在做菜方面，自己是有天分的，怎么说呢？几乎是
无师自通。每一回，老隋都吃得十分满意。也不知道是

从什么时候开始，老隋就几乎不带她出去吃饭了。为什么要出去呢，家里有这样好的厨娘。还有，家里也方便。关起门来，就是一个安静温馨的小天地。老隋喜欢在饭后靠在沙发上，看着小让里里外外地忙碌。茶水早已经沏好了。老隋喜欢碧螺春。时不时地，老隋就拎过来几筒茶，都是礼品包装的上好茶。老隋是报社的二把手，大小也是一个副局，好酒好茶自然是少不了的。有时候，喝不过来，小让就自作主张了。给甄姐两筒，寄回老家两筒。老隋见了，也不在意，却说这东西有什么好寄的，寄点钱，啊，多寄点。小让就有点不好意思。老隋这个人，还是不错的。

楼下传来汽车的喇叭声。小让慌忙跑到阳台去看。不是老隋。老隋的车是一辆黑色奥迪。阳光照过来，把老槐树的影子映在窗子上，参差的枯枝，一笔一笔的，仿佛画在上面，很清晰。小让攥着手中的抹布，看得出了神。老隋在做什么呢？她想给老隋打电话，到底是忍住了。老隋跟她有过约定。老隋说，一般情况下，不要给他打电话。他会打给她。小让当时还开玩笑，说，那，二般情况呢？老隋看着她的小酒窝，忍不住在她的脸蛋上捏了一下，说，小傻瓜。

　　小让是在后来才知道，老隋有家室。老隋的老婆是
大学老师，女儿上初中。有一回，小让在老隋的钱夹子
里发现了一张照片，是他女儿的。小女孩生得清秀可
人，不像老隋。想来，孩子的妈妈，模样应该也不
错吧。

　　小让倒是没有拿了这张照片找老隋闹。在芳村，自
己不是也有一个石宽吗？虽然，石宽的腿坏了，基本上
就是一个废人。可石宽是她的男人，她是石宽的媳妇。
她和石宽是两口子。这一条，能改变吗？石宽的腿是在
工地上坏的。一块钢坯掉下来，砸断了。来北京打工，
就是想多挣些钱，给石宽治腿。要不是遇上老隋，她怎
么会有这样好的工作，又清闲，钱又多，比起在老乡的
饭店里卖驴肉火烧，强多了。

　　小让把那张照片放好，一面洗衣服，一面劝自己。
洗衣机訇訇响着，同客厅里电视的歌声交织在一起。厨
房里炖着牛肉。阳台外，邻家的鸽子停在防护栏上，咕
咕咕咕叫。有一种纷乱的家常的气息。老隋过来的时
候，她早已经把自己劝开了。她让老隋洗干净手，帮她
晾床单。老隋乐颠颠地去洗手，吹着不成调的口哨。

　　吃饭的时候，小让有些沉默。老隋照例是有说有

笑，一点都没有注意到她的情绪。好在有电视。电视里，正在播着一个没头没脑的肥皂剧。男女主人公在吵架。女人的嘴巴像刀子，锋利得很，一刀一刀飞过去，把男人杀得只有招架之功，没有还手之力。小让端着碗，看得入了神。这个时候，老隋的手机响了。老隋犹豫了一下，踱到阳台上接电话。老隋的声音压得很低。小让支着耳朵听了听，一句也听不清。插了一段化妆品广告，一个明星信誓旦旦地说，你值得拥有。小让忽然感到莫名地烦躁。

老隋接完电话回到饭桌前的时候，电视里那一场战争早已经偃旗息鼓了。老隋说，单位的破事儿。烦。小让把饭菜从微波炉里端出来，没有说话。

饭后，照例是老隋的茶水时间。小让削水果。老隋一手端茶，另一只手从小让的腋下伸过来，揽住她的腰。小让没有像往常那样，把身子依偎过去。她低着头，认真地削苹果。长长的果皮从刀尖上吐出来，蜿蜒起伏，一跳一跳的，像舞蹈，甜美而湿润。老隋的手跃跃欲试，看样子打算有些作为。小让两只手给苹果占着，只好用胳膊肘做些抵抗。怎么说呢？老隋那天有些急躁，平日里，大多数时候，老隋是镇定的。也或者是，小让的抵抗让他感到新鲜。小让从来都是温顺的。老隋喜欢温顺的小让。可是那一天，老隋喜欢抵抗的小让。老隋一把将小让抱起来，把她横在沙发上。小让手中的水果刀当啷啷掉在地上，削了一半的苹果，在地板上骨碌碌滚动。小让忽然起了满腔的怒火。后来，老隋不止一次回味起那个夜晚，那一场沙发上的战争。老隋提起来的时候，神情惬意，口中啧啧有声。小让不理他，把脸却飞红了。也不知道怎么回事，那一回，她简直是疯了。

床头的闹钟克丁克丁响着。湿抹布攥在手里，冰凉。梳妆台上卧着一只小白兔，红裤绿袄，笑容满面，是老隋送她的。今年是兔年。老隋说，让这只小白兔给她带来好运。小让冲着那只兔子发了会子呆，不知为什么，总觉得它笑得有点高深莫测。小让把兔子来了个向后转，让它那根短尾巴的屁股掉过来。手机突然响了，把小让吓了一跳。是石宽。

石宽在短信里问她，票买上没有，几时回去。石宽说家里都忙得差不多了。扫了屋，挂了彩，糕也蒸了，肉也煮了，豆腐也做了，单等着她回去过个团圆年呢。

小让不喜欢石宽这样噜里噜苏的短信。大男人，婆婆妈妈的。原先的石宽可不是这样。原先的石宽当过兵，念过高中，人生得也排场，在芳村，算是体面的小伙子。勤快，能干，对小让呢，也知道体贴。石宽没有在短信里说想她。可是小让怎么不知道，石宽恨不能给她插上翅膀，让她立刻飞回芳村，飞到他的炕上，飞到他的怀里。有时候，石宽这个人，怎么说呢？简直是！小让想起石宽那个死样子，心里恨恨的，轻轻骂了一句，飞红了脸。小让没有立刻给石宽回短信。回家的事，还没有定下来。

　　隔壁传来油锅爆炒的声音。老房子就是这一条，隔音不好。小让看了一眼闹表，十一点十分。隔壁的这位老太太，一日三餐都特别准时。老太太生得矮胖，人倒富态，有北京老太太典型的热情，在门口碰上了，总会停下来，搭讪两句。她问小让老家哪里，多大，在哪上班，这房子，一个月多少租金。小让都一一回答了，心里却不舒服。她没有说自己做保洁。只是说，在报社。她总觉得，老太太问话的口气，神情，话里话外，有一种掩饰不住的优越，还有狐疑，这让她感到难受。老太太一定是见过老隋了，而且，也一定猜测过她和老隋之间的关系。怎么说呢？老隋长得还算面嫩，只是秃了顶，看上去便显得有年纪了。不过，老隋的风度好。男人总是这样，成熟加上自信，风度便出来了。还有老隋那辆崭新的奥迪，在这个老旧的小区，还是很显眼的。怎么说呢？老北京人，也不过是萝卜白菜地过日子。钻在鸽子笼似的楼房里，远不如乡下的高房子大院，又敞亮，又开阔。报社附近的胡同里，小让是经常去的。那些胡同深处的平房，传说中的老北京四合院，竟然是那么局促破旧。当年的朱门大户，如今早已经被许多人家瓜分了，围起简单的篱笆，各自为政。小让从敞开的门缝里，看到过那些锅碗瓢盆，鸡零狗碎，铁丝上晾着花被子，门楣上垂下来一辫紫皮大蒜，老石榴树下晒着一小摊绿豆。偶尔，有一个老太太出来，穿着家常的肥大背心，端着半盆淘米水，怀疑地看着门外的路人。谁会相信呢？这是在北京。过两条马路，就可以看见中南海。有时候，小让不免想，在这些老北京人眼里，祖祖辈辈住在皇城根儿，天子脚下，大约也都见惯不惊了吧。平民百姓，在哪里不是过日子？可是，为什么就有那么多人热爱北京呢，想留在北京，誓死不走？比方说，卖驴肉火烧的老乡。比方说，小让自己。不懂。真的不懂。

四

太阳挂在半空中，淡淡的，把人的影子投在地上，有点恍惚。空气里流荡着炖排骨的香气，高压锅吱吱响着，一阵疾，一阵徐。谁家的电视机正在唱京戏，是老生，铿锵亮烈。有小孩子的尖叫，夹杂着生涩的风琴声。是个周末。小让似乎从来没有发现，小区里的周末这么热闹。这个时候，老隋在做什么呢？扎着围裙在厨房里做菜？老隋似乎说过，在家里，他很少进厨房。他老婆是个贤妻良母。从来都是衣来伸手饭来张口的。那么，他一定是在辅导女儿功课了。或者，他们一家三口正坐在热腾腾的桌前，共进午餐？小让掏出手机，按了重拨键。无人接听。还是无人接听。老隋从来不这样。当然了，小让也从来不这样。小让从来不主动给老隋电话。短信也很少。小让懂事。小让还知道，老隋顶喜欢的，容貌之外，就是她的懂事。小让从来不问老隋家里的事，老隋的老婆，老隋的女儿，她从来不问。倒是老隋，偶尔提起来，说上一两句。老隋的手机，小让也从

来不看。有时候，老隋洗澡，或者在卫生间，小让宁愿
让手机在茶几上响个不停，也绝不会拿起来代老隋接
了。老隋也抱怨。说她不管事。说她不贴心贴肺。小让
也不分辩。她怎么不知道，老隋的抱怨中，只有一分是
认真，余下的那九分，便尽是男人的撒娇了。

怎么说呢？老隋这个人，顶会撒娇。男人撒起娇
来，像小孩子，又骄横，又软弱，那种赖皮样子，最能
够激起女人汹涌澎湃的母性了。当然，老隋在单位的派
头，小让是见过的。走到哪里，都是一群人簇拥着，众
星捧月，一口一个隋总，那份恭敬谦卑，自不必说了。
还有那些女编辑女记者，平日里像骄傲的孔雀，在老隋
面前，都争先恐后地把屏打开，展示着美丽的羽毛。老
隋脸上淡淡的，心里却不知道有多么受用。有一回，小
让在走廊里擦地，就亲见记者部那个漂亮的女名记跟在
老隋后面，替他把外套的衣领整理好，那神态，那举
止，不像是部下，倒像是温柔贤惠的妻子了。老隋呢，
也并不停下来，一脸的风平浪静，只顾昂首朝前走。小
让就借故躲开，到开水间旁边的休息室里去。走廊里传
来老隋爽朗的笑声，小让心不在焉地擦手，心里却是有
些得意。老隋在外面再怎么叱咤风云，在她小让面前，

也是一只温柔的老虎，懒洋洋地闭了眼，任她抚弄。凭什么呢？小让问自己。夜里睡不着的时候，悄悄地问，一遍一遍地问。小让怎么不知道，老隋喜欢她。是真的喜欢。老隋在她面前，可就不是人前那个老隋了。百炼钢成绕指柔，就是这个意思吧。有时候，小让就不免想，在家里，在他的老婆孩子面前，老隋会是什么样子呢？

　　从地铁里出来，小让站在十字路口，看着来来往往的人群，有点茫然。太阳明明就在天上挂着，却是十分地冷。风不大，像小刀子，一下一下，割人的脸。她也不知道是怎么回事，竟然就跑到了这里。马路对面，那一片咖啡色和奶黄色交错的住宅楼，便是老隋的家。小让很记得，有一回，老隋开车带她经过这个十字路口，正是红灯。老隋顺手一指，说，那儿，看见了吧？我就住那儿。小让不说话。没说看见，也没说没看见。可是小让却暗暗记下了。她还记下了地铁口。Ａ口。在北京这几年，小让最熟悉的，怕就是地铁了。真是神奇。人在地底下来来去去，穿越整个城市，说出来，芳村的人，谁会相信呢？小让上班，下班，购物，出去见老乡，都是坐地铁。有时候，小让也不免担心，担心北京城被那些纵横交错的轨道掏空了，忽然间陷落。小让常常站在车厢里，看着巨大的广告牌飞速地掠过，一面这样担心，一面笑自己。

走到小区门口的时候，小让才发现，自己是被眼睛欺骗了。看上去并不远的路程，却走了足足有二十分钟。靴子是新的，鞋跟又高，走起路来，更是格外艰难一些。她也不明白，自己怎么就穿了这么高跟的靴子，还有，今天，她把那件羽绒服换下来，穿上新买的大衣。羊毛大衣是老隋买的，酒红色，带着毛茸茸的兔毛领子。看上去像一团火，可这个时节，穿在身上，哪里比得上羽绒服？小让把两只手拢在嘴上，哈着热气，一面看着眼前的小区。黑色雕花铁艺大门，气势很大。不停地有人进进出出。还有私家车，嘀嘀地鸣着喇叭，出来，或者进去。那个高大的保安，很有礼貌地冲人们点头微笑，训练有素的样子。小区门口，已经挂上了大红的灯笼，还有彩旗，沿着甬道两旁，一路招展下去。是过年的意思了。小让远远地站在门口，感觉脚被硌得生疼。这双皮靴，精致倒是精致的，却有着新鞋子的通病，夹脚。冻得麻木的一双脚搁在里面，无异于一种刑罚。小让交替着把脚跺一跺，细细的高跟和水磨石地的摩擦声，让人止不住地牙根发酸。这便是老隋的家了。那一扇铁门，不知道老隋已经走过多少回了。还有那一个保安，侧面看去，微微有点鹰钩鼻，想必也是熟悉得很吧。风吹起来，那两只大红灯笼在午后的阳光中一曳一曳。还有那些彩旗，快乐地飘扬着。小让站在风里，鼻子被吹得酸酸的，脸蛋子冻得生疼。也不知道怎么回事，鬼使神差一般，就大老远跑到这里来了。自己这是来做什么呢。来找老隋？怎么可能？她甚至不知道老隋住哪一栋楼。老隋的手机一直都打不通。从昨天晚上，一直打不通。短信也不回。老隋从来没有这样过。这个老隋，不会出了什么事吧。

怎么说呢，其实，最开始的时候，对老隋，小让并没有太多的想法。只是觉得，老隋人还不错，也懂得疼人。同石宽比起来，简直是两个世界的人。老隋说话的时候声音很低，轻轻的，像耳语，温柔得都让人不好意思了。不像石宽。也不单单是石宽。芳村的男人们，个个粗声大气的，即便是再柔软的话，一到他们口中，便也显得硬邦邦的，有些硌人了。老隋人温和，又有学问，言谈举止，有那么一股子书卷气。小让虽然念书不多，却是顶景仰有学问的人。后来，老隋帮她找了工作。她的一颗心，才真的渐渐安定下来。还能怎样呢？一个人在北京，孤零零的，有一个老隋这样的男人依靠，也算是自己的好命吧。那一回喝多了酒，就是在川菜馆那一回。她是真的喝多了。她高兴。老隋许诺她，先委屈一些，做做保洁，等过一阵子，有机会把她弄到资料室。资料室事情不多，薪水呢，就跟那些没有进京指标的大学生一样，是聘用，也算是坐办公室了。报社里年度竞聘的时候，他会把这件事认真操作一下。老隋说你这样一个娇嫩的小人儿，怎么可以老是跟拖把打交道呢！小让半信半疑，行吗？我一个临时工。老隋说，行。有什么不行？老隋说我是老总，有什么事情不行？小让真喜欢老隋这个时候的神情，有点跋扈，有点强悍，有点不容置疑。老隋说这话的时候，一只手揽住了她的腰。小让只挣扎了一下，就由他去了。

所有这些，小让都不曾跟石宽提起过。石宽的脾气，小让是知道的。石宽这个人，脸皮儿薄，耳根子软，又顶爱面子。自从腿坏了以后，脾气也渐渐变得坏了。倒是小让，处处做小伏低，赔着一千个小心，为了不让他摔碟子砸碗。有时候，看着石宽拖着高大的身坯，在自家院子里蹒跚着走来走去，小让就难受得不行。一个硬铮铮的汉子，生生给拘在家里了。也难怪他脾气大，他是觉得憋屈。也许，慢慢就好了。天长日久，上些年纪，脾性就慢慢地磨平了。还有一点，两个人没有孩子。这让石宽更是放心不下。芳村人的话，过日子过日子，过的是什么？是儿女。没有儿女，过的还是什么日子！没有儿女的一家人，算是一家人吗？芳村人，大多是早婚早育。跟石宽年纪相当的，都是儿女成行了。两个人偷偷到医院看过。看过之后，石宽就蔫了。问题出在石宽身上。小让不说话，只是长舒了一口气。总算是，再不用喝那些苦药汤了。还有，婆婆的脸色，也再不用看了。婆婆心眼倒不坏。年轻守寡，苦巴巴地拉扯了独养儿子，到头来却落了个空。石宽出事以后，脾气变得更加暴烈了。倒仿佛是小让欠了他的。贫贱夫妻百事哀。这话真是对极。小让再想不到，她和石宽的日子，会变成这个样子。想当初，他们也是甜蜜过的，是芳村让人眼红的一对儿。可是，这世间的事，谁会料得到呢？

刚来北京的时候，小让和石宽的短信，都是长长的，一篇又一篇，没完没了。小让告诉石宽，北京有多大。北京的楼有多高。北京的大街上，有多少人和车。北京的地铁，在地下四通八达，一顿饭的工夫，就能穿越半个北京城。小让在短信里用了很多感叹号。石宽最常用的一句话是，真的吗？小让最常用的一个词是，真的。小让还在短信里给石宽讲驴肉火烧店里的种种趣事。那个开店的老乡，石宽是认识的。两个人的短信里，因此更多了共同的话题。可是后来，后来小让认识了老隋，小让离开了驴肉火烧店，小让在外面租了房子，小让去了报社。这些，小让就没有再告诉石宽。短信呢，是照常有。可是却越来越短了。

一眨眼，在北京已经有两年多了。北京的一切，小让已经渐渐习惯了。想起当初的大惊小怪，小让有一点不好意思。现在，小让也是在北京的大楼里上班的人了。或许，要不了多久，小让还会调到资料室，跟那些神气活现的女编辑女记者一样，坐办公室了。这些，石宽怎么会相信呢？不要说石宽，就是她自己，有时候想起来，也总觉得仿佛是一场梦。掐一掐自己的胳膊，却是疼的，才知道，这的确是真的了。

北京的冬天，像是笼了一层薄薄的雾霭，灰蒙蒙一片。树木的枝干也是嶙峋的，映了淡灰的天空，也别有一番味道。太阳明亮，却一点都不耀眼。住宅楼旁边，是一家咖啡馆。很现代的装潢，设计也特别，是一只咖啡杯的形状，有点夸张，却趣味盎然。透过明亮的落地窗，可以看见里面的情形。身穿咖色滚粉边工装的服务生，盛开着职业化的微笑，静静侍立着。这个小区的环境不错，周边设施也齐全。想必，该是价格不菲吧。老隋是一个懂得享受生活的人。这家咖啡馆，还有旁边的书吧，饭店，都应该有老隋无数的脚印吧。老隋是和谁一起呢？当然不是和小让。和朋友？或者，和家人？通常，老隋什么时候出来消遣呢？老隋生活的另一面，对于小让来说，像冰块隐藏在水下的部分，她看不到。她所看到的老隋，只是在那间出租屋里。或者，在报社的走廊，惊鸿一瞥，总是浮光掠影的。小让忽然觉得，老隋这个男人，好了这么久，怎么竟像是陌生人一般，让人捉摸不定。老隋的生活，难道真的如他所描述的，一塌糊涂吗？不，老隋从来没有这样描述过。甚至，老隋对自己的生活，几乎没有过任何评价，更不用谈负面评价。老隋对自己的现状，从来没有说过半个不字。那么，一切都是出自小让的想象了。小让看着那大红的灯笼在风中摇曳，红得真是好看。明黄的流苏，动荡飘摇，有些凌乱。小让的一颗心也被风吹得乱糟糟的，一时收拾不起。

有汽车在后面摁喇叭，连续地，持久地，一口气摁个不停，是不耐烦的意思。小让方才省过来，慌忙躲到一旁。定睛看时，一颗心咚咚地跳了起来。奥迪A6。车牌号也熟悉。分明是老隋。车在大门口稍稍停滞了一下，便箭一般驶向小区的深处，只留下淡淡的汽油味，在寒冽的空气中渐渐消散。

看开车的气势，应该是老隋。车里坐着谁呢？莫非老隋一家，这是外出刚回来？看来，老隋的心情不错。当然了，也或许，正好相反。难道老隋竟没有认出是她？老隋为什么不接电话呢？如果不是故意，那么就是他不方便了。至少，短信应该回一个吧？小让算了算，一共给他发过九条短信。老隋他，究竟是怎么回事呢？

那一回，也就是上一周，周末。吃晚饭的时候，老隋喝完汤，说起了竞聘的事。老隋的意思，是想让小让进资料室。可是，资料室聘人，也是对学历有要求的。

只这一条，就把小让排除在外了。老隋说，每年年底，报社总是会经历一场大乱。竞聘是自上而下，关系到方方面面，牵一发而动全身，也难怪大家都人心惶惶。小让听了不免有些担忧。说老隋，你——不会……老隋愣了一下，就哈哈大笑起来。我不会什么？你担心什么？你这个小傻瓜！老隋点上一支烟，深深吸了一口，又缓缓吐出来，说这帮兔崽子，都不是省油的灯。小让有些紧张，他们，要害你？老隋又深深吸了一口烟，看着灰白的烟雾在眼前慢慢缭绕，消散，说他们也敢！借给他们八个胆子。小让看着老隋的脸，在烟雾中忽隐忽现。那，学历……老隋说，别急。办法总比困难多。老隋问她怎么打算，过年。小让没有回答。汤有些淡了，没有滋味。小让埋头喝汤。只听老隋说，那什么，我得回一趟浙江。哦，是她老家。老爷子病了。小让说嗯。老隋说，我都好几年不回去了。小让说嗯。老隋说你呢？你什么时候回？

　　小让一面洗碗，一面留意着电热壶的动静。水是温水。老隋在厨房里也装了一个小热水器，专门洗碗洗菜的。有热水真好啊。小让想起乡下，在芳村的时候，冬天，水瓮里都结了冰。洗碗洗菜，都是冷水，带着冰碴子，冷得刺骨。小让的一双手，冻得红通通的，简直就是胡萝卜。人这东西，真是。有享不了的福，没有受不了的罪。温热的水流奔涌出来，泼刺刺的，十分受用。她提了电热壶，到客厅里沏茶。老隋正把烟蒂摁到烟灰缸里，一面摁，一面说，你把时间定下来，我找人给你弄票。小让说嗯，一面仔细地烫茶杯，老隋的手机又响了。老隋看了看手机，又看了一眼小让。小让不理会，依然专注地烫茶杯。老隋便把身子往后一靠，冲着手机说喂？哦，我在外面呢，噢，谈点事。小让起身到阳台上拿水果。

窗外黑黢黢的，是冬天的夜。透过窗帘，有灯光流泻出来，是寒夜中温柔的眼睛。老隋的声音一声高一声低，从客厅里传过来。小让听出来了，是家里的电话。老隋在跟他老婆商量回老家的事。风吹过树梢，发出呜呜的声响。窗棂上，有什么东西被挂住了，一掀一掀的，映在窗子上，像欲说还休的嘴唇。阳台上到底是冷的。小让觉得身上凉飕飕的，仿佛抱了一块冰。

回到客厅的时候，老隋的电话还在继续，看见小让进来，说先这样，等回去再细说。好了，好了，先这样。正谈事呢这。小让低头削水果。老隋凑过来，说这苹果不错，还有吗？回来再让他们搞两箱。小让不说话。老隋把手伸过来，替她接着弯弯曲曲的苹果皮。老隋说，苹果是好东西，得多吃。老隋说我这心脏就多亏了苹果，一天一个，特别管用。老隋说那什么，票的事，你别急。你定好了时间，我就让他们给你买。老隋说，怎么了？问你话呢。怎么了嘛这是？小让把水果刀一扔，忽然就爆发了。怎么了？没怎么！不就是想让我赶快滚回老家吗？我回老家！你好安心过你的团圆年！

积水潭桥下一片混乱。来来往往的人，还有车，潮水一般，在这里汇合，然后分流，流向北京的四面八方。小河上结着厚厚的冰。有小孩子穿着鼓鼓囊囊的羽绒服，在河边小心翼翼地试探。大人立在一旁，很紧张地叮嘱着，不时地喊两声。小让慢慢往回走。这一回，老隋怕是真的生气了。她也不知道自己是怎么回事，发了那么大的脾气。当初遇上老隋的时候，她从来就没有想过，要和老隋如何如何。可是，事情怎么会变成这个样子了呢？即便是后来，和老隋好了之后，小让也从来没有对未来有过任何野心。有时候，跟老隋缠绵的时候，小让也会问，喜欢我吗？愿意娶我吗？老隋总是气喘吁吁地说，愿意，当然愿意。小让怎么不知道，有些话，老隋不过是说说罢了。尤其是，床帏之间的甜言蜜语，更是作不得真。老隋这个年纪的男人，什么没有经历过？可是，那一回，自己怎么就没有忍住呢？说起来，老隋在她面前跟家里通话，也应该是习以为常的事了。通常是，她乖巧地躲开，等老隋过意不去了，会扔下手机来哄她。那之后的下午，或者晚上，老隋都会软下身段，极尽温柔谄媚之能事。老隋虽然嘴上不说，小让怎么不知道，老隋这是向她赔礼呢。禁不住他再三再四地央告，也就慢慢开颜了。然而那一回，究竟是怎么回事呢？门在老隋背后碰上的时候，发出轻微的声响。小让却是浑身一凛。在那个冬夜，那声音仿佛一声炸雷，令她顿时怔住了。

五

石宽的短信发过来的时候，小让正忙着搞卫生。年底了，单位要比平时杂乱一些。各个处室都在清理废品。报社，有的是报纸，各种各样的旧报纸，废弃了的报纸大样小样，稿件，成堆的废稿件。那两个收废品的人兴兴头头地忙进忙出，一头热汗，却是乐颠颠的，见谁冲谁笑。走廊里零零落落的，难免有一些废纸落下。小让就跟在他们后面收拾。手机在口袋里震动，小让就偷个空儿，到一旁看短信。

走廊的拐角处，三层和四层之间，是一盆肥硕的巴西木，枝叶招展，映着雪白的墙壁，十分地葱茏。小让看四周无人，便把那些短信翻出来。石宽在短信里问，快过年了，她什么时候回家。还有，这两天的一些琐事，他也都一一汇报给她。比方说，大舅家娶媳妇，是亲戚，绸缎被面之外，还有礼钱。斗子他爹七十大寿，斗子是村长，整个芳村的人家都随了礼，他们自然也不能落后。还有，彪三回来了，又招人呢，要是有看门的差事，他想去求人家给了他。当然了，求人也不是好张口的，总不能空着手……巴西木肥厚的叶子映在窗子上，静静地绿着。小让感到有一个人影一闪，她吓了一跳。却是甄姐。甄姐问她怎么了。小让赶忙把手机装进衣兜里，说没事。那什么，收废品的那边，你甭管了。甄姐说，我都收拾利落了，他们今天死活也收不完，先走了，说明天再来。甄姐问没事吧，看你的脸色不太好。小让说没事，昨天看一个电视剧，搞得晚了。说着和甄姐一块上楼。甄姐看着她，想要说什么，却什么都没有说。

甄姐是北京人，早年在服装厂，后来下了岗，到报社来做保洁了。怎么说呢？甄姐这个人，倒是极热心，老北京人那种特有的热心。又正是四十多岁，更年期，有点话痨。当然了，小让当然能够感受得到，甄姐的热心里隐藏着那种居高临下的优越感。甄姐说话快，一口一个外地人，是正宗的京腔儿。说好好的北京，都让外地人给搞乱了；说外地人皮实，什么活人都肯干；说要是没有那么多外地人，北京房价怎么这么高。虽然甄姐很快就会补充说，我可不是说你啊小让。你别往心里去。小让嘴上说没事，可是心里却还是不太舒服。听多了，就自己劝自己，本来就是外地人嘛，还能不让人家说？甄姐老公是出租车司机，偶尔顺路，也会过来接她回家。甄姐总是说，我倒宁愿坐地铁——北京这交通，真的没治了。小让看着她那神情，心里暗笑。至于吗？都这么大个人了。有时候，小让在心中猜测，她和老隋之间的关系，甄姐应该不会想得到吧？甄姐倒是不止一回问过她，北京有没有亲戚，什么亲戚，亲戚干什么的。

小让明白，她是不相信，或者说不甘心——凭什么小让一个乡下人进京城，居然能找到跟她甄素芳一样的工作？这是她的北京！刚开始的时候，小让说没有，后来，被盘问得多了，她有点恼火，索性就逗逗她。小让说亲戚啊，倒没有。认真算起来，应该是朋友。甄姐说朋友？小让说是啊，朋友。小让当然懂得甄姐的言外之意，一个乡下人，在北京还有朋友？小让故意含糊其辞，这个朋友呢，也算是个人物。心肠好，又仁义。甄姐的好奇心就被逗起来了，闲下来说话，总要有意无意地问候小让的朋友。甄姐人胖，身材已经走了形，眉眼却是耐看的。想当年，大约也是一个美人。像所有这个年纪的女人一样，甄姐喜欢回顾往事，当然是青春时代的往事。甄姐最常说的一个词，便是想当年。想当年，甄姐是阀门厂的厂花，被众星捧月般地捧着。那是她的全盛时期。甄姐还会絮絮地说起自己的婚姻。年纪轻，不懂事，竟然以为爱情是可以拿来做饭吃的。不管不顾地嫁了。哪里料得到，两个人双双下岗，日子会有这么煎熬。这世上什么都有，就是没有后悔药。当初如果稍微清醒一点，怎么会落到现在这种境地。这一番话，小让听得多了。看甄姐的神情，是感叹自己的沦落。和一个乡下来的女人一起做保洁，恐怕让她更有一种落魄之后的感慨吧。如果，如果甄姐知道了她同老隋的关系，她会怎么想？那一回，她接过小让送给她的茶叶，仔细研究了一番，称赞道，好茶啊，好茶！小让怎么不知道，她的潜台词是，你怎么会有这样的好茶？

　　临近中午，走廊里渐渐热闹起来。报社的自助餐厅在顶层。人们都张罗着吃饭了。服务人员的饭是单开的，吃得早。小让拿了一块抹布，心不在焉地擦拭洗手盆。不断有人过来洗手，说说笑笑的，享受午餐前的放松和愉悦。洗手盆前面的墙上是一面巨大的镜子。来洗手的女人们，都情不自禁地在镜子面前流连片刻，整理整理头发，检查脸上的妆是不是需要修补，在镜子面前旋身一转，左顾右盼。小让闻到一股淡淡的香气，脂粉夹杂着香水，很好闻。老隋也送过她香水，小巧的一瓶，价格竟是惊人的。上班的时候，小让从来不用。一个做保洁的，身上香喷喷的，让人家笑话。只是跟老隋在一起的时候，小让才仔细用上一点。老隋喜欢这种香味。老隋喜欢就好。想起老隋，小让心里黯淡了一下。到底是怎么回事呢？老隋一直没有消息。本来想，今天上班，说不定会碰上老隋。可是到现在，她也没有见到老隋的影子。她在老隋办公室外面徘徊了半天，装作擦地的样子。老隋办公室紧闭着，也不见有人进出，看样子，好像是不在。又不好张口问人。再怎么，一个做保洁的临时工，跟报社的老总，都是不相干的。有人同她笑一笑，算是打招呼。小让赶忙回人家一个笑脸，嘴里说，吃饭啊。对于这一份友好，小让是感激的。她总是力所能及地，把人家这一份善意回报过去。比方说，看见人家提着热水瓶过来打水，却空着手回去，知道这是水还没有烧开，便替人家留了心。等水烧开了，替人家灌满。比方说，有人吃饭不小心弄脏了衣服，在洗手盆旁边束手无策的时候，她总是把自己的肥皂拿出来，给人家用。时间长了，大家都喜欢这个俊眉俊眼的保洁工。人长得好看，又热心。就有人同她闲聊两句，问她老家哪里，多大了，有没有男朋友。小让听出来了，这是人家要帮她介绍对象，就红了脸，说了实话。听的人嘴里就连着哦哦两声，是惋惜的意思。小让的脸更红了。她这个年纪，在北京，有多少人还没有朋友呢。哪里像她，早早地把自己嫁了出去。好好的人也就罢了，偏偏遇上了事。这不是命，是什么呢？想起石宽那些婆婆妈妈的短信，小让心里就烦得紧。想来，娘的话自有

她的道理。嫁汉嫁汉，穿衣吃饭。如今可好。倒是得小
让背井离乡的，撑起这个家。小让怎么不知道，娘是心
疼闺女。天底下，哪一个做娘的，不心疼自己的闺
女呢？

　　整个午休时间，小让一直心神不宁。往常，老隋喜
欢在午休的时候给她发短信。老隋在短信里问她吃饭了
吗，做什么呢，想不想他。小让喜欢这样的短信。在北
京，在报社，还有哪一个人像老隋这样牵挂她？也有时
候，老隋的短信是另外一种，缠绵热烈，都是让人脸红
心跳的句子。小让看一眼，便慌忙删掉了。这个老隋，
该死！怎么说呢？老隋这个人，到底是念过很多书的。
知情识趣，又温柔体贴，对小让，简直是贪恋得不行。
倒是小让，常常软言劝慰着，像哄小孩子。私心里，小
让也会忍不住想起石宽。心里便暗骂自己的坏，狠狠地
骂。这个时候，她总是主动发短信给石宽。石宽的短信
照例是那些鸡零狗碎的琐事，一个意思，左右离不开
钱。小让也总是十分耐心地一一回复。手指头在手机键
盘上飞快地摁着，摁着。摁着摁着，心里就起了一重薄
薄的怨气，身上也燥热起来，热辣辣地冒出了一层细
汗。石宽的短信不断地发过来。小让看着那一堆鸡毛蒜

皮，心里只觉得委屈得不行。当年的那个石宽呢，到哪里去了？

　　下午，报社里很热闹。甄姐打听来的消息，是在发年货。甄姐抱怨一社两制，正式工和临时工，一个亲生，一个后养，待遇差距太大。小让嗯嗯啊啊地敷衍着，有点心不在焉。老隋办公室的门依然紧闭着，门把手上塞满了报纸大样，小样。看来，老隋这是真的不在。走廊里人来人往，大家都喜气洋洋的，有点过年的意思了。外面兵荒马乱，她们正好可以偷闲缓口气。甄姐正在涂护手霜，局促的空间里溢满了略带甜味的香气。甄姐说，刚才听见几个编辑聊天，有意思。小让说噢。甄姐说，知人知面不知心。小让说嗯。小让知道，甄姐这是有话要说。而且，她似乎在等着小让兴致勃勃地发问。小让却没有问。热水器发出轻微的声响，让人想起冬天炉子上坐着的水壶。温暖，家常，有一种没来由的安宁妥帖。甄姐把声音压低，说桃花眼，就是财务室那个出纳——你猜跟谁？小让说，这哪猜得出。跟谁？甄姐把手拢在嘴上，附在她耳朵边说，隋总。小让的一颗心咚咚跳起来。这话可不敢乱说。谁敢乱说？甄姐说都让人给亲眼看见了。我早就说过，那个桃花眼，一看就不是安分的。还有那个隋总——看上去倒还正派——男人真是，没有不偷腥的猫。

六

冬天的黄昏，总是来得早。暮霭越积越浓，仿佛怕冷的人，在冷风中微微颤抖。远远近近，有灯火次第亮起来，一闪一闪，是夜的眼神。从过街天桥上看下去，车流和人流，汇成一条璀璨的河，在北京的冬夜奔涌，浩浩荡荡。小让在天桥上慢慢走过。冷风吹过来，一点一点把她吹彻。过道两旁挤满了小摊贩，扯开嗓子，不屈不挠地向路人招揽生意。卖水果的，卖手套袜子的，卖碟片的，手机专业贴膜的，还有烤红薯的。行人们大都匆匆而过，像是躲避瘟神。也偶尔有人停下来，狐疑地看一眼那一地的零零碎碎，带着挑剔的神情。这就是北京的夜了。缤纷的，杂色的，斑驳的，仿佛是一个画板，谁都可以在上面涂抹几笔。只要你愿意。

路边有一家牛肉面馆。小让进去，拣了个暖和的位置坐下来。一个女孩子赶忙过来招呼，满脸都是小心翼翼的微笑。这女孩子二十来岁，模样倒算得上清秀。神情却是局促生涩的，一看便知道是乡下来的孩子。小让想起了当初，在驴肉火烧店的日子。那时候，她刚来北京。这一晃，都两年多了。也不知道老乡的生意现在怎么样了。还有那老板娘。当初小让离开的时候，她简直羡慕得很。一迭声地哎呀呀，哎呀呀，说小让，哎呀小让，你怕是遇上贵人了。想来，那老板娘该不是看出什么端倪了吧。当时，小让只是笑，也不便多说。弄不好，经她的嘴巴传出去，等传到千里万里的芳村，传到石宽的耳朵里，不知道会传成什么样子了。后来，一直到现在，小让一直没有跟他们联系。小让不是薄情。她到底是心虚。在偌大的北京，这两位老乡之外，剩下的人，全是不相干的。他们知道她什么？她是好是坏，是冷是暖，说到底，跟旁的人有什么关系？在人前，小让倒很愿意伪装一下，装一装大尾巴狼。就像刚才。小让进到这面馆里来，干净，体面，矜持，甚至有那么一点小小的傲慢。有谁能够猜出这个漂亮女人的来路呢？小让很斯文地吃面，一小口一小口，吃得很仔细。不断地有客人进来，夹裹着一股股冷气。那个女孩子跑前跑后，有些手忙脚乱了。一个胖女人立在柜台后面，冬瓜脸，口红鲜艳，看样子，应该是老板娘，目光像刀子，一下一下地剜在那个女孩子身上。吃完面，小让结账。那女孩子慌忙跑过来，伸手接钱的时候，却不小心碰翻了桌上的调料盒，红红绿绿地散了一地。女孩子吓呆了。老板娘走过来，刚要发作，小让摆了摆手，不关她的事。我赔。

回到家，小让洗澡。洗了一半的时候，仿佛听见电话响。小让赶忙把水关了。果然是电话。这个座机号码，几乎没有人知道。除了房东，也就是老隋了。石宽也不知道。小让担心石宽会不管不顾地把电话打进来，尤其是老隋在的时候。电话很执着，一直响个不停。小让匆忙洗好，跑出去接的时候，电话却不响了。来电显示是一个陌生的号码。小让看着那号码发了一会子呆。头发湿淋淋的，水珠子淋淋沥沥滴下来，把睡衣的前襟濡湿了一片。该不会是老隋吧？直到现在，她才忽然发现，跟老隋这么久，她竟然一点也不了解这个男人。她所认识的那个老隋，温柔，随和，体贴，善解人意，有时候，在她面前，有那么一点孩子气的赖皮和霸道。曾经，她对他是那么熟悉。可是，现在，她却觉得他竟像一个陌生人了。甄姐的话，也不知道是真是假。要是在以前，她听了这话，一定要找到老隋，当面问他，跟他使性子，闹脾气，撒娇，弄得他束手无策，只好软下身段百般哄她。虽然，她并不敢奢望，老隋会喜欢她一辈子。她也从来不敢奢望，老隋会离了婚娶她。可是，她是女人。她像天下所有的女人们一样，喜欢吃醋。然而现在，她却忽然没有这样的好兴致了。这真是莫名其妙。老隋跟她忽然玩起了失踪，大约不过两个原因。他烦了。或者是，他认真了。小让回想起他们最后一次在一起的情景，每一个细节，每一个句话。难不成，老隋是想把这次吵架作为借口，趁机分手？或者是，老隋对她的吃醋认了真，他想把这个问题解决一下？不像。都不像。烦了，倒是有可能。认真是绝不会的。他怎么会认真呢？老隋这样年纪的男人，还有什么看不透？

睡觉前，小让做了面膜，歪在床头给石宽回短信。电话忽然响了，把她吓了一跳。是老隋。老隋的声音听上去有点含混，仿佛是喝多了酒。小让，我马上到楼下了。小让握着听筒，没有吭声。老隋说，小让，我没带钥匙。一会儿给我开门。小让不说话。小让，有话，有话见面说。

屋子里烟雾弥漫。老隋坐在沙发上，一支接一支地抽烟。小让几次被呛得要咳嗽出来，却都忍住了。老隋显然喝了酒，涨红着脸，舌头发硬，说起话来，有点语无伦次。可小让却还是听明白了。老隋是在向她诉苦。老隋老婆觉察到了他们的事。老隋老婆正在跟他闹。女人闹起来，你是知道的。老隋说，根本没有理性可言。老隋说他倒不怕离婚——要不是为了女儿，他们可能早就离了。他是怕她到单位去闹。报社的冯大力，就是一把手冯社长，他们两个一向是面和心不和，对他早有戒心，甚至杀心，一心想找他的软肋。这种事，一旦闹到冯大力那里，结果可想而知。不光是他的仕途从此埋下后患，就连小让的工作，都会受到影响。老隋说这些天，他一直在为这件事焦虑。他得想个万全之策。

暖气很热。小让感觉，刚刚洗过澡的背上热辣辣地出了一层细汗。墙上的钟敲了十一下，在寂静的夜里听起来有点惊心动魄。老隋说，思来想去，这件事，恐怕还得委屈你一下。小让说，我？老隋说，这也是万不得已。她那个人的脾气，我知道。要想让她不闹，就得委屈我们。我们假装分手。当然了，只是假装。这一段，我们最好少见面。小让看着老隋的脸。几天不见，老隋明显憔悴了。还有他的鬓角，星星点点的，是灰白的颜色。先前，怎么没有注意到呢？

一屋子烟味。小让打开窗子换气。冷冽的夜风吹进来，她静静地打了个寒噤。老隋一口一个她，是在称呼他老婆了。这些天，在他老婆面前，恐怕老隋是吃够了苦头吧。吵架之外，一定还有很多别的桥段：赌咒。发誓。表忠心。跪地板。写保证书。一把鼻涕一把泪。悔不该当初。自己呢，就是他老婆口中的狐狸精，贱货，野女人，混迹在她的口水中，被她任意辱骂。在老隋的陈述和辩白里，他们之间的故事，该是怎样一种情节呢？小让猜不出。小让能够猜出的是，老隋应该是个会编故事的人。他一定最知道，什么样的故事才能让他老婆满意。

烟味渐渐散去了。原先温暖的屋子，已经变得冰冷。小让站在窗前，看着外面点点灯火，从一扇扇窗子里流泻出来。一点灯光，就是一个家吧。可是，温暖是别人的。她什么都没有。刚洗过的头发还湿着，现在已经冻上了，硬邦邦地顶在头上，她也不去管。奇怪的是，她竟然没有眼泪。找了老隋这么久，她焦虑，难受，为这个男人担心，生怕他出了什么事。她原以为，等到见了老隋，一定会抱着他，大哭一场，委屈，撒娇，释然，像小孩子，找到丢失的玩具之后，爱恨交织，倍加珍惜。可是没有。她倒是平静得很。在这个他们曾经的小窝里，她只是感觉冷，彻骨地冷。

七

是个阴天。天空灰蒙蒙的，太阳不知躲到哪里去了。风不大，却很冷。从树梢上掠过，发出低低的声响。路边，有报亭老板在分报纸。一张纸片不小心掉在地上，被风吹得一掀一掀的。一辆自行车驶过，照直轧了过去。旁边路过的人便张大了眼睛，看着那浅白色的纸上留下清晰的轮胎的印子。路边的拐角处，是一家早点铺。炸油条的油锅支在外面，灶头师傅也不怕冷，一双红通通的手，啪啪地拍打着面团，头上却冒着热腾腾的白气。旁边，却是一家寿衣店。黑底白字的招牌，不大，却很醒目。食客们吃完早点，甚至不朝那招牌看一眼，即便是偶尔看到了，也是漠不关心的神情，只管匆匆地去旁边的公交地铁搭车。早高峰，正是拥堵的时候。人们都忙着心急火燎地赶路，暂时还顾不上别的。偶尔，抬腕看一看表，心里默默算一下时间，还好，差不多能够赶得上。

从地铁里出来，小让收到老隋的短信。这些天，他们很少联系。只是偶尔，老隋有短信过来，也是十分简洁，再不似先前的缠缠绵绵，浓得化不开了。老隋在短信里说，有事要跟她商量。晚上六点钟，京味斋。小让把短信又看了一遍。有事跟她商量。能有什么事呢？难不成，是竞聘的事？这些天，报社里兵荒马乱的，人心浮动。一把手冯大力看来是要大动干戈，重整山河了。改革的力度很大。部门之间优化组合，牵扯的人事众多。这种时候，有人哭，就一定有人在笑。几家欢乐几家愁，大约就是这个意思吧。小让不懂，也不多问。只是偶尔从甄姐那里听来一些小道消息，东一句西一句，全是作不得真的。小让心中惦记着自己的事，又不好深问。只有把一颗乱糟糟的心按住，耐心听甄姐八卦。跟老隋呢，如今又是这种状况，小让更不会把身段软下来，去问老隋。本来，当初来北京的时候，小让也没有什么想法。不过是打一份工，挣一份钱罢了。至于后来的事，她真的没有想过。老隋，还有老隋的许诺，都在她的想象之外，让她有点措手不及。怎么可能呢？全当是一个梦吧。这些天，她早想好了，等这边一放假，领了薪水，她就回老家。回芳村。快过年了，回去好好过年。至于和老隋，再说吧。能怎么样呢？她怎么不知道老隋。老隋再贪恋，也断不会下狠心娶了她。

中午的时候，小让在走廊里给那些盆栽浇水。远远地，看见老隋和冯大力从会议室出来，往这边走。小让拿着喷壶正要走开，只听见冯大力说，这绿萝长得不错。你是新来的吧？小让说社长好，拿着喷壶一时怔在那里，走开不是，不走开呢，也不是。正窘着，听见老隋说，老冯，这件事就这样，回头我们再斟酌一下。小让赶快趁机去走廊那头灌水。

京味斋就在小让住处附近。从前，也跟老隋来过两回。装修倒是古色古香，有老北京的味道。小让点了一壶菊花茶，一面喝，一面等老隋。老隋在短信里说，单位还有一点事情没有处理完，让她稍等。他马上到。小让看着对面屏风上那精致的雕花，心里猜测着，究竟是牡丹呢，还是月季？这是一个小包间，满堂的仿红木，墙上挂了一幅字，小让看了半晌，也没有看出名堂。据老隋说，他也喜欢写字，闲暇的时候，常常一个人关在书房里涂抹几笔。当然了，小让没有看过老隋写字。小让慢慢喝了一口茶。老隋家里的战争，也该平息了吧。老隋不说，她也不问。老隋这个人，她怎么不知道呢，最是懂得讨女人欢心。说不定，经过了这场战争，两个人又回到了从前的恩爱，也未可知。虽然，据老隋的讲述，他们夫妻，从一开始，就是被乱点的鸳鸯。怎么可能呢？小让又不是傻瓜。老隋，只不过是说给她听罢了。也不知道怎么回事，小让心里某个地方还是细细地疼了一下。仔细想来，跟老隋，算是怎么一回事呢？其实，私心里，小让也不免做过一些不着边际的梦。比方说，像老隋在缠绵之际所说的，小让是他的，他隋学志的。他要她。他要娶她。他要她做隋太太。这话听多了，小让就生出一些美丽的幻想。跟了老隋，在北京生活，做北京人。就像她那个老乡说的，做不了北京人，也要做北京人他爹。那么，她就做北京人他娘好了。至于石宽，她倒没有多想。石宽。有时候，小让觉得，芳村是石宽的。而她小让，却应该属于北京。她也知道，这幻想没有道理。可是，她还是忍不住。房间里暖气很热，她把外套脱下来，挂上。从单位回来，她特意弯回家里一趟，换了一套衣服。上班干活，她们是要穿工作服的。那样的衣服，怎么能见老隋呢？尤其是，在这样一家堂皇的饭店里。小让还淡淡地化了个妆。她很记得，老隋说过，晚上，灯光下，是应该有一些颜色的。今天这个约会，小让有点措手不及。她掏出小镜子察看了一下，还好。干净，俊俏，是从前的小让。

　　老隋急匆匆进来的时候，已经过了六点半了。老隋一面脱外套，一面一迭声地不好意思，说单位里的破事儿，没完没了。燕莎桥又堵车。小让静静地听他抱怨，替他把杯子仔细烫了，倒上茶。有服务生过来，请老隋点菜。看上去，老隋气色还不错，眼睛微微有些肿，眼袋似乎是明显了一些。低头看菜单的时候，秃顶在灯下闪闪发亮。老隋每点一道菜，都要抬头看一眼小让。是征询的意思。小让轻轻点头，说随你。小让不用照镜子也知道，自己的样子有多么温柔。小让还知道，温柔是她的撒手锏。跟老隋这么久，她怎么不知道他？小让穿了那件绯红色毛衣，是老隋喜欢的那件。等菜的时候，两个人默默地喝茶。小让不说话，她在等着老隋开口。玻璃茶壶中的菊花很好看，一朵一朵，满满地绽放开来。枸杞经了浸泡，红得可爱，有细细的哀愁的味道。

老隋说，你怎么样？还好吧？小让说嗯。老隋说是这样，小让，有一件事，哦，还是那件事，我想跟你商量一下。小让说哪件事？老隋嘴巴咧了一下，说，就是，那件事。小让看着老隋欲言又止的样子，心中早已经揣测了八九分。老隋说，我也没有想到，哦，我也曾经想到的，她果然去找了冯大力。老隋说女人闹起来，你是知道的。她居然找了冯大力。没脑子！真是没有脑子！老隋说冯大力是什么好东西！现在好了，现在，最高兴的人，就是冯大力！这次竞聘，如果冯大力想在这件事上做文章，我一点办法都没有。老隋说所以，想来想去，他只好来跟小让商量。菜上来了。清蒸鲈鱼、蓝莓山药、木瓜雪蛤，都是小让的菜。这家京味斋，号称新京派，看来，也早已经名不副实了。老隋说，这个冯大力，我了解。心思缜密，生性多疑——当然，也不是刀枪不入——我没有别的意思，小让。我的意思是说，如果，我是说如果啊，去见冯大力一下……小让坐在那里，看着老隋吞吞吐吐。包间里灯光明亮，温暖，细细的音乐隐隐传来，是缠绵的《梁祝》。小让只觉得背上有寒意漫过，簌簌地起了一层清晰的小粒子，心中却如电闪雷掣一般，一时怔在那里。

八

　　一连阴了几天，到底是下雪了。雪不大，是细细的雪粒子，纷纷落落的，还没有到地面就化了。大街上湿漉漉的。汽车鸣着喇叭，脾气很大的样子。人们呢，急匆匆地赶路，偶尔抬头望一望天，皱着眉头，自言自语，这雪下得——也不知道是在批评，还是在赞美。可是无论如何，簌簌的雪粒子落下来，给这一冬无雪的城市带来一些新鲜的躁动。毕竟，快要过年了。这点小雪，来得倒是时候。过大年，怎么能没有雪呢？这是芳村人的话。也不知道，这会子，芳村下雪了没有？芳村的雪，那才叫雪。纷纷扬扬的，真的是白鹅毛一般。整个村庄都被这大雪催眠了，还有树木，田野，河套，果园。大红的春联，窗花，灯笼，彩，衬了白皑皑的雪，真是好看。小让很记得，那一年，她刚嫁到芳村，也是大雪。她坐在炕头上，看石宽在地上忙个不停。炉子烧得旺旺的。金红的火苗，勾着淡蓝的边，突突地跳跃着，舔着壶底。水壶吱吱响着，白色的水蒸气不断冒出来。花生在炉口周围排着队，偶尔发出轻微的爆裂声。还有红枣，弥漫着微甜的焦香。大雪天，又是新人，她用不着出门。石宽也不出门，在家守着她。人们都说，石宽是个媳妇迷。石宽也不恼，嘿嘿傻笑。她却臊了。赶石宽出去，却总不成。少不得反倒又被他乘机欺负了。雪粒子落下来，落在她发烫的脸上，凉沁沁的。她也不去擦一擦。也不知道怎么回事，这些陈年旧事，她以为早都忘记了。如今，在北京，在这个雪纷纷的清晨，倒都又想起来了。

甄姐迟到了一会儿，进门就抱怨这坏天气。抱怨了一会儿，看小让不大热心，就把话题换了。小让听她说起年底单位发奖金的事。三六九等，那是肯定的。年年如此。甄姐又抱怨了一会儿头儿。说这个冯社长，也不是等闲人物。才几年，把报社整治得，火炭一般。一个字，红。那一句话怎么说的？不管白猫黑猫，抓到老鼠就是好猫。小让说噢，可不。甄姐压低嗓门说，听说，今年动静挺大。小让知道她说的是竞聘的事，正不知道怎么开口，看见甄姐朝她使了个眼色，回头一看，却原来是司机小马从旁走过。甄姐笑眯眯地说，今天领银子，下刀子也得来啊，这点儿雪！甄姐说这点儿雪算什么!

午休的时候，小让收到老隋的短信。老隋在短信里东拉西扯，顾左右而言他。老隋说，吃饭了吗？在做什么？老隋说，郁闷。争来斗去的，没意思。老隋说，人活着，究竟是为什么呢？老隋说，牢笼。一只鸟困在牢笼里，什么感受你知道吗，小让？老隋说，人生有很多时候，不得已。老隋说，岂曰无衣？与子同袍。……小让把这些短信看了一遍，又看了一遍。有的话，她看不懂。老隋这个人，就这毛病。酸文假醋的。小让没有回复。

下午到财务室领奖金。年终奖。前面有两个人排队。桃花眼坐在办公桌后面，沙啦沙啦地点钞票，一面腾出一张嘴来，跟旁边的男同事调笑。看上去，桃花眼总有三十多岁了吧，是那种很丰腴的女人。一双眼睛，水波荡漾。老隋是什么时候溺在里面的呢？房间里到处都是盆栽，绿森森的，树林一般。桃花眼那火红的披肩，仿佛一簇火苗，把整个树林都灼烧了。空调很热。小让感觉手掌心里湿漉漉地出了汗。

火车站乱糟糟的。快过年了，外面的人们辛苦了一年，都急着往家赶。小让拉着拉杆箱，背着鼓鼓囊囊的行李，费了半天劲，总算在候车室找到一个立脚的地方。她给石宽发了一条短信，岂曰无衣？与子同袍。

石宽读过高中，石宽懂得这句话的意思吗？

小让不知道。

「笑忘书」

冤　家

　　怎么说呢？我姥爷这个人，在旧院，也是一个有意思的人物。我姥爷比我姥姥小。关于这件事，我姥姥总是不太愿意提起，有一些讳莫如深，我猜想，也有一些惭愧的意思在里面。其实，有什么可惭愧的呢？那个时候，在乡下，多的是这样的例子。女大三，抱金砖。乡下人，都信这个。其实，单从容貌上说，我姥姥长得娇小，我姥爷呢，高大健壮。两个人站在一起，倒是我姥爷胡子拉碴的一张脸，显得老相了。当然，从心性上，在我姥姥面前，我姥爷更像是一个小孩子。我说过，我姥爷是家里的独子，祖上呢，也曾经繁盛过，到了我姥爷的父亲这一代，已经衰落了。我姥爷的母亲，我已经记不起她的模样了。只是听我姥姥讲，是一个很厉害的婆婆。对我姥爷,管教极严,把家道中兴的心愿,都寄托在这棵独苗身上。然而,世间的事,往往就是这样奇怪。我姥爷的性情,怎么说呢?却是有那么一种破落公子的散淡和放任,也有那么一些看破红尘的意思。我不知道这是不是源于他曾经繁华的家世旧梦。当然了,这只是我的胡乱猜想罢了。在旧院,我姥爷是一个很奇特的角色。我姥姥,包括六个女儿,一门的女将,旧院,简直就是一个女儿国。我姥爷呢,因为性别的优势,取一种超然物外的态度。他看着一帮女儿们叽叽喳喳吵作一团,我姥姥,为了鸡毛蒜皮的事情,同女儿们生气,他只是微微一笑,一脸的淡然。我姥爷全部的心思,都在他的那杆猎枪上。那可真是一杆好枪。据说,这杆枪颇有些来历,我也曾经苦苦追问过,姥爷却总是神秘地一笑,想知道?我说想。姥爷却忽然缄了口,沉默了,他的脸上,有一种辽远的神色。这个时候,如果再问,我姥爷就会照例在我的头上轻轻敲一个栗枣,叱道,小屁孩,刨根问底。

　　家里的事,我姥爷基本上是放手的。有我姥姥和几个女儿,似乎也用不着他操心。即便是地里的庄稼,我姥爷也不是特别地热心。你相信吗?一个庄稼汉,庄户人家的儿子，一家之主，一个乡下的大男人，竟然对庄稼的事一知半解。这真是不可思议的事情。我姥爷这一辈子，能够在乡村里活得优游自在，说到底，都是一个奇迹。如果是识文断字的读书人，仗着满腹经纶，不事稼穑，也就罢了，可是，我的姥爷，他竟然是目不识丁的粗人。乡下人，尤其是，乡下男人，有谁不知道耕耙犁种的事？有几个不懂得二十四节气，不擅长使牲口赶车？可是，我姥爷偏不懂。关于乡村农耕，关于一个乡下人日常生存的这一套活计，他全不懂。他不是愚笨。他是无心于此。我很记得，姥爷在地里锄草，锄一回，歇一回，锄着锄着，竟然被一只黄鼬引跑了。我姥爷的说法是，那只黄鼬鬼鬼祟祟，说不定就是前天夜里偷走芦花鸡的罪魁。还有，黄鼬的毛色极好，他正缺一顶御寒的帽子。对此，我姥姥简直气得咬碎了银牙。怎么就嫁了这样的男人！她恨恨地把锄头砍进地里，只觉得委屈得不行。她想起了每年春耕秋种，人家的男人吆喝着牲口，在田野里如鱼得水，自在又神气。可是，自己的男人，却从来不敢指望。我的姥姥刚刚嫁过来，不满一年，便几乎学会了地里的全套活计。她耕耙，播收，像男人一样，驱策着高大的牲口，引来四野里一片叫好。

后来，我的记忆常常回到芳村的田野上，那时候，我年轻的姥姥，俊俏，爽利，能干，她站在耙犁上，一手挥着鞭子，口里清脆地吆喝着。春天的阳光洒下来，有几点溅进她的眼睛里，她的眼睛湿漉漉，亮晶晶，她的鼻尖上也是亮晶晶的。她出汗了。三月的风，还有些寒意，把她的脸蛋子吹得透红。芳村的人，似乎从一开始，就看惯了这样的场景。田野里的男人们，我猜想，一定有怜香惜玉的汉子，然而，他们竟然也不敢贸然地上前来，帮我姥姥扯一扯牲口那暴烈的缰绳。他们只是远远地看着，看着，暗中为她捏着一把汗。这些大男人，他们是被这个小女子脸上的神情给震慑了。有时候，他们也会暗地里骂一骂我的姥爷。算什么男人！这么好的女人，他竟然忍心！然而，终究是沉默了，至多，不过是叹一口气。人家是夫妻。是苦是咸，旁人，谁能够尝得分明？

这个时候，我姥爷往往是在河套的林子里消磨。我们这地方，没有山，一马平川的大平原。这条河，据说早年间河水丰沛，只是，到我懂事的时候，已经基本干枯了。只留下一片大河套。这个河套，在我的童年时代，是一个神秘而诱人的所在。我至今记得，河套里，临近河堤的地方，种满了庄稼。多是花生和红薯。这种沙土地，最适合种红薯。红薯有白皮，有紫皮。白皮的，往往是红瓤。紫皮的呢，则一定是白瓤的。这两种红薯，红瓤的甜，软。白瓤的沙，面。是那个年代乡下离不开的食物。直到现在，我对红薯的感情，纠缠不清，暧昧难明，我想，这该是童年时代留下的暗疾吧。还有花生。河套里的花生，饱满结实，跟岸上田里的比起来，简直差别太大。再往里面走，是一望无际的沙滩。阳光下，银色的沙滩闪闪发亮，让人忍不住微微眯起眼睛。我至今记得，姥爷第一次带我去河套的情景。我在前面撒欢地奔跑，姥爷在后面慢悠悠地走，肩上扛着他的猎枪。我赤裸的小脚踩在柔软的沙滩上，沙子的细流从我的脚趾缝里不断冒出来，温暖而熨帖。野花一片一片，散紫翻红，绚烂得无法无天。我像一只惊喜的小兽，一头扎进这个神奇的世界，再也不愿出来。后来，我常常想起那个河套。想起当时的阳光，微风，还有植物和泥土微凉的气息，姥爷在后面喊，小春子——慢着点。当然，还有那片树林子。那片林子，繁茂，深秀。各色树木都有。杨树，柳树，刺槐，臭椿，枣树，还有许多，我叫不上名字。林子里，有各种各样的野蘑菇，我姥爷对此，颇有心得。哪一种能吃，美味；哪一种危险，有毒；哪一种看起来诱人，却最是碰触不得。还有野物。林子里，不时飞过一只悠闲的锦鸡，五彩的羽翅，漂亮极了。或者，走来一只肥大的野兔，神态安闲，甚至，有几分雍容的意思了。这个时候，我姥爷总是不理会我心急火燎的暗示，他把猎枪靠在一棵树上，慢悠悠地吸一口旱烟。他的眼睛望着林子深处交叉的小径，一瞬不瞬。我立在他身旁，忽然感到，河套里的姥爷，河套林子里的姥爷，忽然不是旧院里的那个姥爷了。阳光从树叶的缝隙里落下来，夹杂着喧嚣的鸟鸣，落在姥爷的肩头，落在姥爷的脸上，落在姥爷的眼睛里。姥爷长长地舒一口气，他的神色里，有一种很陌生的东西。姥爷他，究竟在想什么呢？

在旧院，姥爷几乎是可以忽略不计的。按照姥姥的吩咐，偶尔，他也去地里拔一筐草，拉一车柴，或者，去挑一担水——那时候，村子中央，有一口井。我姥爷挑着扁担，扁担两端，两只空水筲荡来荡去。人们见了，就说，大井，你还用挑水吃？我姥爷也不反驳，笑一笑，走过去了。我姥姥在家里苦等。一大家子的衣裳，得在上工前洗出来。左等不来，右等不来，我姥姥只得叫年幼的母亲和四姨去挑。两个孩子用一根木棍抬着半筲水，终于跌跌撞撞走回来的时候，我姥姥忽然就流泪了。她看着自己隆起的肚子，恨道，就是把那口井背回家，也该有个影子了。更多的时候，我姥爷沉浸在他自己的世界里，不问世事。小时候，我性子顽皮。因为是家里最小的孩子，自然得到大人们格外的偏爱。姥爷最喜欢逗我。常常是，逗着逗着，我们就打起了嘴仗。姥爷喊我丑八怪，喊我多多。你知道，我是一个臭美的小姑娘，最怕人家说自己丑。至于多多，我是家里的第三个女儿，可不就是多多么？姥爷在我面前，伸着脖子，一句一个丑八怪，一句一个多多。笑着，声音故意压得很低，然而，在我看来，那声音里却充满了挑衅和嘲弄。我拼命还击着，急得浑身是汗，有些声嘶力竭了。喊着喊着，眼看着赢不过，就哇的一声，哭了。我姥姥闻声赶过来，一把揽过我，一面回头横了我姥爷一眼，恨道，哪里像做姥爷的样子。我姥爷难为情地挠一挠后脑勺，自嘲地笑了。我躲在姥姥的怀里，从她胳膊的缝隙里偷偷观察我姥爷的窘态，心里暗自得意，却回头看到我姥爷冲着我做鬼脸，我忍不住咯咯笑起来。现在想来，或许，姥爷不是一个喜欢孩子的人。在旧院，那么多的孩子，还有后来的孙男弟女，他竟然都是淡然的。我是说，至少，表面上看起来如此。可是，我知道，他是真的喜欢我。多年以后，回到老家，回到旧院，姥姥还会偶尔提起此事。你小时候，跟你姥爷，可没少打嘴仗。姥姥说这话的时候，神情柔软。她是想起了那个狠心人吗？

在我姥姥面前，我姥爷简直就是一个孩子。常常使一使性子，怄一怄气。有时候，为了一点小事，我姥爷就把脸拉下来，不肯吃饭。我姥姥多半先是不理，后来，到底还是拗不过，就把饭碗端过去，百般譬解，慢慢地把他劝开。姥爷的口味极轻，平日里，都是迁就他，菜做得清淡，饶是这么着，他还总是吃着吃着，就放下筷子，抱怨菜咸。有一回，我姥姥做菜忘了放盐，饭桌上，朝大家使个眼色，故意问姥爷咸淡。姥爷尝了一口，皱眉怨道，太咸了——莫不是打死了卖盐的？大家都撑不住大笑起来。我姥爷以为自己说话风趣，越发得了意，俯身对姥姥说，怎么样——你这手重的毛病，得改一改了。大家简直笑翻了天。后来，这件事成了一个典故，在旧院广为流传。只要谁皱着眉头说一句，太咸了，众人便都会意地笑起来。这个时候，姥爷往往是不好意思地把手捏住脖子后面那一块，捏一下，再捏一下，自己也难为情地笑。很尴尬了。

姥爷胆子小。这是姥姥常常抱怨的。姥爷牙疼，会大喊大叫，惊动一条街。有时候，对姥爷这一条，姥姥简直是痛恨得很。一个大男人，没有一点担待忍耐。自己喊得痛快，倒教旁人跟着受煎熬。然而，一旦好了，姥爷也绝不掩饰，立刻就安静了，甚至，谈笑风生起来。姥爷终是死于喉癌。后来，姥姥说起这些的时候，总是神色黯然。想，也是平日里他太作怪了，这痛那痒，喊得轻易。这一回，他喊了这么些日子，竟然大意了。也是忖度他这种脾性，从来不知道忍耐。谁知道，这一回，竟然是真的了。等到姥爷不再喊痛，精疲力竭的时候，才慌忙送了医院。然而，已经是晚期了。姥爷病重的时候，我在外地上学。等我闻知噩耗，赶回旧院的时候，我看到的，是满院子乌鸦鸦的人群，戴着白的孝帽子，白色的灵幡在寒风中飘来飘去，我的母亲，我的几个姨们，满身重孝，在灵棚外跪迎前来吊唁的乡人。我一下子跪倒在姥爷的灵前，失声痛哭。我不知道，病中的姥爷，是不是还能够喊出他的疼痛，是不是还会想起我，他这个顽劣的外孙女，从小跟他打过无数次嘴仗，仗着他的疼爱，欺负他，骑在他的脖子上，把他当马骑。我的姥爷，他终是等不及了。等不及这个被他唤作丑八怪的外孙女，这个多多，长大成人，在他膝下尽孝了。灵前的一对白烛，摇摇曳曳。院子里，传来唢呐的呜咽。鞭炮响起来了，是那种乡下丧事常用的二踢脚，一声近，一声远，带着凄切的回声。我长跪不起。

在姥爷的丧事上，姥姥表现出一种异乎寻常的镇定。她一身黑布衣衫，坐在那里，在满眼缟素的人群里，显得格外沉静有力。她按照芳村的习俗，指挥着一切，从容，笃定，有条不紊。这个时候，我舅，包括我的母亲，还有我的几个姨们，都仰着脸，望着我姥姥的脸色行事。这样大的排场，他们还不曾经历过。只是有一条，我姥姥坚持让我舅披麻戴孝，充当孝子的角色，这也是当初入赘的承诺。我舅哪里肯依。双方陷入了僵局。五姨的哭声从东屋里隐隐传来。我舅蹲在院子里，默默地吸烟。苍白的太阳照过来，在地上投下黯淡的影子。二踢脚的爆裂声，清脆，悲戚，在寒冷的天宇中慢慢旋转，旋转，终是远去了。我姥姥盘腿坐在炕上，紧闭着双眼。管事的人一趟一趟地过来，催促道，时辰不早了——都是看好了的。唢呐的呜咽潮水一般涌进来，鞭炮声，哭声，震得窗纸簌簌响。我姥姥长叹一声，慢慢睁开双眼，说，起灵。

最终，我舅的大儿子，充当了孝子的角色，为姥爷披麻戴孝，举幡摔盆。我姥姥眼看着白茫茫的丧队走出旧院，走出芳村，她一头跪倒在空荡荡的灵棚，大放悲声。

后来，我常常想，不知道，我的姥姥和姥爷，他们之间，到底是怎么一回事。我的姥姥，一生吃苦，为了姥爷的不争。在村子里，她尝尽了无助的滋味，带着六个女儿，受够了旁人的轻侮。她恨他。姥爷，这个狠心人。懦弱，懒散，无能，扶不起的软阿斗。而且，他还竟这样自私。在招赘了上门女婿，翟家有了香火之后，在她慢慢衰老，疲惫，忽然感到再也撑不住，正欲歇下来的时候，姥爷，这个狠心人，竟然自顾拂袖而去了。独把她抛在这荒冷的人世上，继续熬煎。她一生为他吃苦，他怎么可以这样待她？姥姥躺在黑暗里，旁边的老猫打着呼噜，一声长，一声短。想必是已经睡熟了。她是这样一个极要脸面的人，满指望，把丧事办得风风光光，体体面面，让芳村的人们都看一看，旧院的事，从来都不比旁人差半步。因为是头一宗大事，也是立规矩的意思。然而，谁想得到呢？在这场对峙中，她是输家。或许，从一开始，就注定了这样的结局。她早该想到的。她这一生，费尽了心机，吃尽了苦头，到头来，全是枉然。院子里，寒风掠过树梢，簌簌地响。我姥姥感到腮边一片冰凉，伸手摸索一下，竟然都湿透了。恍惚中，她仿佛看见姥爷远远走来，扛着他那杆猎枪。她不由得恨道，到死都改不了的毛病。仔细一看，竟然是姥爷年轻时候的样子，白净的皮肤，一口的好牙齿，一双眼睛笑起来，不知道有多坏。年轻时候的姥爷，穿一件白色竹布汗衫，显得格外干净清爽。姥姥正要开口，却见姥爷一下子把手掩在脸颊上，连声喊痛。姥姥一时着急，上去把他的一只手拿下来，要看他的牙齿。却呆住了。年轻时代的姥爷不见了，眼前，是姥爷临终时的样子，被病痛折磨得越发苍老，一直喊痛，喊得嗓子都哑了。我姥姥拍着姥爷的背，哭道，你喊，使劲喊，喊出来，就不疼。忽然就醒了。原来是一场梦。姥姥把手里的枕头松开，呆呆地望着黑暗中的屋顶。也不知道怎么回事，就做了刚才的梦。这个狠心人。走了，也让人不得安宁。姥姥有些难为情地笑了。

从姥爷离世，到如今，也有十几年了。这么多年以来，每年清明，寒食，七月十五中元节，十月一送寒衣，忌日，生日，都是姥姥督着，张罗着，我的姨们去坟上烧纸，祭拜。我们这地方，除去过年，上坟的事，都是女人。女人们提着香火，纸钱，锡箔元宝，走在村旁野间。一路上，说着家常。不知谁说起了什么，就笑起来。笑声清脆，在野风里轻轻荡漾。也有时候，说不清为了什么，小声争执起来，声音越来越大，有些面红耳赤了。到了坟前，却立刻噤了声。她们七手八脚地拔一拔坟头的野草，培一培松散的泥土，把周围的庄稼清一清——我们这地方，坟地多在人家的田里。她们郑重地做着这一切，神情肃穆。她们把刚才的玩笑和口角，大约都一并忘记了。

算起来，这么多年，我几乎不曾为姥爷上坟烧纸。只有一回，清明节，我回乡祭扫，在母亲的坟前拜完，我的小姨劝我回去。姥爷的坟地在村外，河套里。我懂得小姨她们的意思。一则是路远，她们担心我细细的高跟鞋。二则是，她们不想让我过度悲伤。当然，还有一层，这么多年了，在外游学多年的我，姥爷的外孙女，在姥爷的坟前，是不是还会有应有的悲伤？

四月的阳光无遮拦地照下来，已有些灼人了。麦田青翠，随着微风汹涌起伏。火光潋滟，照着我的泪眼。纷飞的纸灰仿佛一只只黑色的大鸟，在我们的头顶盘旋不去。我的几个姨们，她们跪倒在姥爷的坟前，默默地用木棍翻动着燃烧的纸钱。此时，她们已经没有了哭声。十几年了。在这十几年中，世事沧桑，她们经历了太多。当年，在旧院，描绣鞋垫的时候，可能她们再想不到，有一天，她们会在光阴中，在尘世的风霜中，慢慢堕落，堕落，一直到生活的最底部。她们是被碾磨得近乎麻木了。而今，她们从各自纷繁的生活中挣脱出来，偷得半日清闲，来给姥爷上坟，面对这个小小的土堆，她们也不知道，怎么会是这种情形。就在几年前，姥爷刚刚离世不久，她们，尤其是我的小姨，扑倒在姥爷的坟前号啕大哭，那情形，简直就是一个在外面受了委屈的孩子。而今，我的姨们，她们揉一揉酸涩的眼睛，被我孩子般的呜咽弄得眼泪汪汪。她们哭了。

四月的大河套，已经是满眼缤纷了。我的姥爷，长眠在他生平最爱的河套，在那片林子近旁，也该感到宽慰了吧。他会看到他的儿孙吗？他的不孝的外孙女，小春子，从遥远的京城赶来，一路风尘，这仅有的一次，或许，也只是安慰一下她不安的良心。纸灰漫漫。我惊讶地感到，我的泪水汹涌而出。我的姨们慌忙架起我。她们是担心弄脏了我优雅的长裙。

　　我的姥姥，这么多年，从来不曾为我的姥爷上坟。她只是张罗着，不肯错过任何一个节气。那时候，乡下还没有现成的纸钱卖。那些纸钱，是姥姥一张一张印出来的。我记得，有一种木质的模板子，上面涂上蓝色的墨水，把裁好的白纸罩上去，来回用力按几下，一张纸钱就印好了。还有锡箔，元宝，我姥姥捏得又快又好。后来，我常想，我姥姥不去看望姥爷，大约也有她自己的矜持，乡村女人特有的矜持，还有羞涩。两个人，怨恨了一辈子，在儿孙面前，她到底不愿意对那个狠心人太儿女情长了。然而，她知道，姥爷身旁的那个位置，终究是留给她的。百年之后，终是长相厮守。她又何必计较这一时一地呢？

　　光阴慢慢流淌过去了。而今的旧院，又是一片喧哗。然而，这喧哗已经不属于姥姥，更不属于姥爷了。

孩子们都长大了。五姨和我舅，也是做爷爷奶奶的人了。当年那个哇哇哭叫的新生儿，旧院里迎接来的第一个男婴，而今，也是有家有业的人了。他站在旧院的枣树下，两只胳膊抱在胸前，看着他的儿子骑在一只板凳上，嘴里嘟嘟叫着，玩开火车。他微微皱着眉头，脸上，是成年男人特有的威严，还有些淡然。他的妻子走过来，问了一句什么，他看了一眼她蓬乱的头发，皱了皱眉。他有些不耐烦了。

我姥姥在炕上坐着，院子里的喧闹，她是听不太分明了。也不光是耳背。她坐在昏暗的屋子里，昏昏欲睡。也不知道怎么回事，这几年，精神是越来越不济了。孩子们是偶尔来。他们住在村北的新房里了。她也很想出去，逗一逗小孩子，看看他们，同他们说一说话。然而，却有些力不从心了。勉力撑着要起来的时候，却被小孩子的锐叫声吓了一跳，终于又坐下了，不留神倒把炕沿上的一个簸箕弄翻了，簸箕里面，是黄灿灿的金元宝。姥姥掐指算了算，要不了几天，就该送寒衣了。寒衣倒是有现成的。这金元宝，可得一个一个亲手捏。真是老了。眼睛花不说，手也抖得厉害。捏一个，歪歪扭扭的，倒出了一身的汗。哪像当年。姥姥叹口气，很黯淡地笑了。

外面喧闹起来。是小孩子顽皮，做父亲的在训斥他。姥姥坐在炕上，张了张口，想要劝阻，到底还是沉默了。

娇　客

在芳村，有谁不知道我舅呢。

我舅其实不是我舅。按理，我应该称他姨父。我的五姨嫁给了他。他是我的五姨父。然而，从一开始，我姥姥就告诉我，他是我舅。因为，我舅是旧院的上门女婿。对于这件事，我一直弄不大懂。为什么上门女婿就要改口叫舅呢？我忘了我是不是问过姥姥。也许是问了，我姥姥没有说。总之，这个人，这个高个子的年轻男人，在那个遥远的秋天的下午，便是我舅了。

我舅和五姨的婚礼，是在一个秋天。这令我记忆深刻。我们芳村这地方，凡有婚嫁，多在冬日。腊月里，正是农闲，年关也近了，迎新和娶新，在乡下，都是隆重而喜庆的大事。可是，我舅和五姨，却有些不同。我很记得，有一天，正在街上疯玩，被我母亲叫住，她拉着我的手，到旧院去。一面走，一面帮我把额头上的汗擦一擦，轻声呵斥着，也不怎么认真。我偷偷看了一眼她的脸。我看出来了。母亲的脸上荡漾着喜色。我高兴起来。旧院的门前挤满了人。我母亲拉着我，一路同人招呼着，步履轻盈。院子里，屋门前，一个年轻男人正站在那里，向人们散烟。看到我们，就走过来，俯下身，问，二姐，这就是小春子？仿佛是在问母亲，却又分明是在问我。我惊讶极了。这个陌生人，他竟然知道我的名字。我仰头看着他，忽然从心底对他生出莫名的好感。我姥姥从旁笑着催促，还不叫舅？我犹豫了一下，就叫了。大家都笑起来。我舅摸了摸我的小辫子，也笑了。我注意到，我的五姨，穿着枣红条绒布衫，海蓝色裤子，脖子里系了一条粉地金点的纱巾。她站在人群里，羞涩地笑着。我忽然灵机一动，恍然道，五姨，你是新媳妇。众人都笑起来了。

在我舅新婚的那段日子里，我几乎天天到旧院去。他们是旅行结婚。为此省去了很多繁文缛节。在那个年代的乡村，旅行结婚，还是一个极新鲜的事物。一对新人出去玩一趟，回来，就算成了大礼？这未免有点太简单了。尤其是老派的人，就有些看不惯。怎么也是三媒六证的姻缘，总得要在亲友面前，拜了祖宗天地，拜了高堂双亲，才能入洞房点花烛的吧。更不要提那些自古传留下来的老风俗了。比方说，照妖镜，迈马鞍，翻年糕，这些新媳妇进门的种种规矩，而今倒都省了。后来，我常常想，旅行结婚，一定是我舅的主意。在这场婚姻中，每个人的角色都发生了变化，这变化因为微妙，更不容易应对。在旧院，五姨是女儿，也是媳妇。我舅呢，是女婿，也是儿子。至于我姥姥和姥爷，角色当然也是多重的了。亲戚本家，族人乡邻，此间种种复杂关系，就更深究不得了。索性就来一个旅行结婚。这真是一个好主意。我说过，我舅是一个通达的人，精明，敏锐，对人情世故的体会和谙熟，仿佛是一种与生俱来的本能。在旧院，我舅很快地就自如起来。在姥姥姥爷面前，他是儿子的角色，亲厚倒是亲厚的，然而也家常，也随意。有时候，在话头上，也顶撞上那么一两句，不轻不重地，像天下所有的儿子们那样。对我的姨们，一口一个姐姐，很亲昵了。姐夫们来了，则完全是小舅子的做派，殷勤有礼，也有那么一点骄傲和任性的意思在里面。当然，我小姨除外。在旧院，我小姨最

小。我舅跟着大家，叫她少。少是我小姨的小名。对我
小姨，我舅是把她当成了妹妹。甥男弟女的来了，也都
是一把揽过来，把他们扛在肩上，或者举上头顶，让叫
舅。小家伙们格格笑着，一迭声地叫着舅，大人们都笑
起来。

在芳村，翟家是个大姓。旧院里，因为少男丁，显
得格外萧条冷清。我姥爷呢，又是这样一个性子的人，
凡事都必得我姥姥从旁督着，点拨着，提醒着，时时处
处，稍不留意，就不免短了礼数。我姥姥简直为此操碎
了心。然而，我舅来了就不一样了。你相信吗？在乡
村，真的有这样一种人，他们似乎生来就是属于乡村
的，他们聪敏，能干，在乡风民俗的拐弯抹角处，栩栩
游动，他们如鱼得水。他们是乡间的能人。我说过，我
舅厨艺好，做得一手好饭菜。尤其是，乡村酒宴上的种
种规矩，礼数，繁文缛节，他全懂。在那个年代的乡
村，手艺人颇受尊重。更重要的是，我舅人随和，又热
心，最得人缘。红白喜事，满月酒，认干亲，下定，人
们都喜欢请我舅。我舅戴着高高的白帽子，穿着连腰的
白围裙，坐在那里，说不出地干净漂亮。他接过主家递
过来的烟卷，悠闲地叼在嘴上，完全是胸藏百万雄兵的

180

神气。乡下人，虽然日子艰难，却极要脸面。人这一辈子，活的是什么？是脸面。因此，凡有大事，人们对我舅便格外地倚重。我舅呢，从来都是笑眯眯的，不慌不忙的神态，吸着烟，心里却早已经盘算好了。他总是有本领让宾主尽欢。翟家本院的事呢，就更不用说了。用我舅的话说，都是自家的事——放心好了。主家就把一颗心放回了肚子里。怎么会不放心呢？凡事，有我舅斟酌呢。

现在想来，那些年，是我舅一生中最好的年华。他年轻，有手艺，有才干，人家都求着他，敬着他，在村子里，算是有头有脸的人物了。整日里，穿得干净，体面，泥点不沾，草籽不挂，从东家的宴席，到西家的宴席，好酒，好烟，奉承，尊敬，满满的心意，厚厚的人情，什么都有了。在翟家院房，人们更是对他亲厚，称兄道弟，那情形，倒不像是外来的上门女婿，竟真是嫡亲的兄弟手足了。我姥姥从旁看着这一切，心里又悲又喜。欢喜自然是欢喜，然而，夜深人静的时候，想起来，怎么就莫名地涌起一股辛酸，还有悲凉。真是没有道理。在旧院，我舅是东床，是娇客，是我姥姥的接任者，是旧院的脊梁骨和顶天柱。我舅是旧院的门面。

尤其是，我舅的大儿子降生之后，旧院里一片欢腾。这是这么多年以来，旧院迎来的第一个男婴。一时间，旧院简直是乱了阵脚。我舅立在院子里，不慌不忙地吸着烟，看着我姥姥她们进进出出，忙忙碌碌，他微笑了。这一回，他总算是放了心。他有儿子了。其实，私心里，如果是个女孩，他或许倒更喜欢些。他喜欢女孩子。然而，怎么说呢？生了儿子，毕竟是好事。尤其是，尤其是在旧院。我舅吸一口烟，看着蓝色的烟雾在眼前升腾，弥散，叹了一口气。他怎么不知道，这么多年了，旧院早就盼着抱孙子了。关于我父亲的故事，他也是听说了一些的。他一直不肯相信，那样的命运会降临在自己的头上。他想起了他小时候，随母亲嫁到芳村，在那一个大家庭里，他早早学会了看人的脸色。他吃过很多的苦。也曾经暗地里咬牙，发誓，他要出人头地。他常常想起他母亲的泪水。当年，他就是受不了母亲的泪水，还有她眼睛深处的哀求，才默默点了头，来到旧院。直到现在，他才肯承认，这两年多，他的一颗心，其实是一直悬着的，悬着，颤抖着，时时挣出一身的细汗。老天有眼。他终是没有蹈了我父亲的旧辙。

　　东屋里传来婴儿的哭声，很柔弱，也很嘹亮。我舅侧耳听了一时，又慢慢吸了一口烟。我母亲端着一只大海碗走进来，颤巍巍的，热腾腾的蒸汽从碗里浮起，把她的一张笑脸遮得模模糊糊。我舅看着她的背影，心里叹了一声。这几天，恐怕是把我母亲忙坏了。只是，不见我的父亲。当然，这种事情，男人们多有不便。然而——我舅又慢慢吸了一口烟，半晌，才让烟雾从鼻孔里徐徐飘出来。

我说过，在同我父亲的关系上，我舅一向是通达的。在我父亲面前，他是显见的胜利者。他不能够太在乎我父亲的偏执，狭隘，愤恨，种种不恭处，他都付之一笑，一一海涵了。村西的刘家，他是势不能回去了。而今，旧院就是他的家。而父亲，素受自家兄弟们排挤，他们连襟两个，怎么能够再反目呢？还有一点，我父亲虽然性子暴烈，爽直，但心地纯良，人也仗义，耳根子又软，脸皮又薄，一旦好起来，是可以割脑袋换肝胆的。那几年，正是我们家最好的时候。我父亲在生产队任会计，掌握着一个队的财务大权，我母亲呢，还没有生病，健康，活泼。三个孩子都还小，在父母的羽翼下，无忧无虑。后来，我常常想，在我舅和我父亲的关系上，似乎从一开始，我舅就占据了主动的位置，他时时观察着，揣摩着，斟酌着，在种种细微处，进退，迎拒，远近，亲疏，其中的分寸与火候，怕是我父亲一辈子都琢磨不透的。当然了，我舅心热。在旧院的诸姊妹中，同我母亲尤其亲厚。他常常到我们家里来。如果遇上吃饭，也不用人让，坐下就吃。那份自然与随意，完全是亲弟弟的做派了。逢我父母吵嘴，他也总是弹压我的母亲，言辞里，话锋却是向着父亲的。连我都听出里面袒护的意思了。对我舅，我母亲也是格外地疼爱。同我父亲吵架的时候，她的一句口头禅是，你呀，让我怎么说，连她舅一个小手指头都赶不上。我不知道，这个口头禅对父亲的打击有多大。我常常猜想，在我舅同父亲的关系中，我母亲的这句口头禅，恐怕也暗中起了不小的作用。

多年以后，我母亲病重，在医院里，我舅一趟一趟，跑前跑后，跟医生沟通，求人家用好药，但最好不是太贵；去找我表哥，央他托关系，找主治医生探探底；到附近的饭馆里，买了手包的韭菜馅饺子，端进病房来——他知道，我母亲爱这个。而我的父亲，那时候，早已经愁苦得近于麻木了。他蹲在地上，呆呆地望着病床上的母亲。这么多年了，母亲的病，把他的暴烈脾性都生生揉捏得温软下来了。他顺着她，处处加着小心，生怕哪里忤逆了她的意思，让她不痛快，让她犯病。然而，怎么最终还是落到了今天？他真是不懂。

夕阳从窗子里照过来，落在我母亲的枕边，我父亲看着我舅进进出出的身影，心里计算着这几天的药费。这城里的医院，怎么说，简直是拿小刀子割人。太快了。简直是太快了。

那时候，我已经在城里上中学了。暑假里，我舅用自行车带着我，去坐长途车，到省医院看母亲。正是玉米吐缨子的时候。早晨的阳光洒下来，微风拂过，空气中流荡着植物和泥土的腥气。我舅一面蹬着车，一面同我说话。说了一些别的，就说起了父亲。也不知道从什么时候开始，只要同我舅单独在一起，话题总是转向父亲。自然是围绕母亲的病。这一向，我舅因为日夜不离左右，在这件事上，最有发言权。一路上，我舅说了很多关于我母亲的病的事，现在，我都记忆模糊了。后来，我常想，在我母亲病重的日子里，在她即将离开这个世界的时候，我，作为她最疼爱的女儿，竟然一直是置身事外的。我为此感到羞耻。我在忙什么呢？所谓的学业，前程，在那时候，像一座山，压在我的头顶。我的目光短浅，自私，冷酷。那时候，我还看不到别的。仅仅为此，对我舅，我充满了感激。这是真的。那一天，我舅说了很多话，当然，后来他说起了父亲。在他的描述里，对母亲的病，父亲难辞其咎。而如今，在母亲病重的时候，我的父亲，仿佛一直是袖手旁观的。尽管我舅的话说得尽可能委婉，我还是听出来了，我的父亲，甚至希望病人早走。这怎么可能！我的心怦怦跳着，两只手紧紧攥着车后梁，由于用力，都酸麻了。这怎么可能！我的父亲和母亲，我怎么不知道！我舅照例慢慢踩着脚蹬子，他看不见我的脸。他叹一口气，说，久病床前无孝子——更何况。我感觉身上热辣辣地出了汗，却又分明感到一阵寒意，忍不住静静地打了个寒噤。太阳越来越高了，明晃晃的，灼人的眼。我把眼睛眯起来。那条青草蔓延的小路，霎时模糊了。

后来，我常常想，我的父亲，在愁苦煎熬中，或许难免说过一些气话。这么多年，他是看够了母亲在病榻上备受折磨的样子。他不忍看她遭罪。他恨命运不公。这么多年，为了母亲的病，他咬紧了牙，把方圆几十里的药铺都踏破了门槛。可是，到头来终是一场空。面对着强大的命运，他是气馁了，还有绝望。然而，我舅，他为什么要断章取义，把我父亲的气话讲给我听？直到后来，我才不得不承认，我舅对我父亲的芥蒂，是根深蒂固的。他怎么能够忘记，当年父亲给他的难堪。那时候，在旧院，他初来乍到，我父亲年长于他，竟然在人前，让他这个新人没脸，让他下不来台。幸好，他心眼灵活，凡事，他都劝自己看得开些。在人屋檐下，哪有不低头的？他就低了这个头，在众人面前，只能落个大度，宽宏，顾大局，识大体。然而，这么多年了，他们处得那么好，简直就是亲兄弟了。他也不知道，这是怎么回事。他竟然还是忘不了。这真是没有办法的事。

我说过，我舅喜欢女孩。在旧院，众多的孩子当中，我舅最喜欢的就是我了。据说很小的时候，我就很会疼人。有一回，我舅病了。当然，也不是什么大病，或许是感冒，或者发烧。我在旧院里玩，不知听谁说了一句，就跑到东屋里去。我舅躺在炕上，虚弱，无力，半空中悬着一个瓶子，装满了水。我看到一条细管弯弯曲曲地绕过来，通向我舅的一只手。那只手背上，粘了胶布，鼓起一个包。我不知道那是在输液。我走过去，摸了摸我舅的手，我的眼泪就淌下来了。我哭了。我舅一把拉住我的手，说，小春子——后来，这个情节，常常被我舅重提。小春子看我生病，心疼我呢。这孩子——如果我父亲在，就会微微笑一下。我猜想，他心里一定在说，我的闺女，我怎么不知道。我母亲则轻轻叱一句，小春子这丫头，小嘴像抹了蜜——语气模糊，听不出是夸奖还是责备。

在旧院，我舅喜欢逗我。比起姥爷的孩子气，我舅更多了一种长辈的疼爱。见到我，常常就抱起来，举一举，就放下来，微笑着看着我跑开。也有时候，走过来，拉一拉我的手，摸一摸我的小辫子，说，小春子，别走了——跟着舅。这话听得多了。可我还是歪着头，认真地想了一回，不说好，也不说不好，笑着跑走了。我知道，这种话，我舅也跟我父母提起过。当时，他们第二个儿子还没有出世。而我呢，又是家里的多多。我母亲听了这话，只是笑。我父亲呢，先是笑着，后来听多了，就不怎么笑了。我父亲是一个认真的人，最开不得这样的玩笑。背地里，我母亲就笑他，还当真怕人家把你闺女要了去啊——真是榆木疙瘩。后来，我忘了是哪一回了，在旧院，我舅见了我，照例要抱起来，我却把身子一扭，挣开了。我不知道，我是害羞了。我舅立在原地，两只手张着，有点尴尬，他把手放在另一只肩上，慢慢地捏了捏，自嘲地笑了。从那以后，我舅便很少抱我了。见了我，顶多过来，摸一摸我的小辫子，说一句，小春子，又长高了。

那一年，我到县城里上中学。因为住宿，行李之外，带了很多东西。我记得，其中有一只搪瓷碗，是我舅送我的。那时候，在乡村，这种搪瓷碗也是稀罕物。我至今记得它的样子。白地，勾着浅蓝色的边，碗身上，是豆绿色的图案，水纹的形状，一波一波，仿佛在微风中荡漾起来了。我很喜欢这只碗。它一直陪伴着我，走过三载少年读书的懵懂时光。后来，这只搪瓷碗，也不知道丢到哪里去了。然而，我还是常常想起它，想起我当时捧着它，排队打饭的情形。想起我舅，想起旧院，还有旧院里的那些人和事。

那些年，在芳村，有谁不知道我舅呢。公正地讲，我舅是一个仪表堂堂的男人。高高的个子，白皙的皮肤，眼睛不大，却很明亮。头发又黑又密，梳着分头——只这一点，就跟芳村的其他男人区分开来。他站在那里，莫名其妙地，有那么一种文质彬彬的气质。这是真的。我忘了我是否说过，我舅当过老师，那时候，叫作民办教师。当然,这都是来旧院之前的事情了。我至今记得,我舅年轻时候的样子,穿着假军装,说起话来,微微眯起眼,像是在思考,有些口若悬河的意思。我的五姨,进进出出地忙碌着,偶尔看一眼自己的男人,心里骂一句,也就笑了。我猜想,对我舅,五姨是有那么一些崇拜的。她总觉得,这样一个男人,来旧院倒插门,是有一些委屈他了。然而——自己也是一个——好女人,并且,家里人对他也这样亲厚,他自己呢,在旧院,也算是如鱼得水,比她这个做女儿的,倒更自在了。在翟家,在芳村,他说话做事,处处得体,处处有分寸。凡事都不用她操心。只这一条,同姥姥比起来,她就该知足,就该念佛。然而——我五姨看一眼我舅的背影,心里忽然竟烦乱起来。

我是在后来才慢慢知道,我舅的那一桩风流韵事。怎么说呢? 芳村这地方,在这种事上,态度暧昧。乡下人,朴直,却也多情。常常有这样那样的艳情段子流传开来,让人们津津乐道。那时候,我母亲还没有病,家里常有女人们来串门。她们挤在一处,嘻嘻哈哈地说着闲话。无非是东家长,西家短,说着说着,声音就低下来,很神秘了。我躺在炕上,紧紧闭着眼,装睡。忽然，母亲就轻轻咳一声，嘀嘀咕咕的声音就停止下来。我猜想，母亲一定是朝越来越忘形的女人们使了个眼色，指一指炕上的我。她是在警告了。我闭着眼，心里像有一支羽毛在轻轻拂动，痒酥酥的，很难受。我几乎要笑出声来了。

我记得，有一回，她们说起了我舅。说着说着，就住了口。一定是我母亲打酱油回来了。临近中午的时候，总有卖酱油醋的独轮车在村子里走过，敲着梆子，空空空，空空空，也不用吆喝，人们听到了，自然会跑出去。我母亲重新坐定的时候，女人的话题早已经变了，却还是离不开我舅。她们的语气里，有一种明显的赞美和钦慕。后来，我常常想，我舅这样一个人，这一生，倘若没有一两桩风流事，怕是老天都觉得委屈了他吧。这么些年，在旧院，在东屋，在姥姥的眼皮底下，在这个大家族里，他是越发自如了。然而，再怎么，也是在人家的屋檐下。这其中的滋味，他怎么不知道？至于五姨，她真是一个好女人。可是，终归是——怎么说呢，在自家做媳妇的种种尴尬，他怎么不懂？然而——我舅抬头看一看那棵枣树，都挂果了。他想起了某个人，某个细节，让人止不住地心跳。他有些难为情地笑了。

说不清从什么时候开始，世界就悄悄地起了变化。这是真的。这变化是那么迅猛，让人都来不及惊讶。我的父亲，是这变化里最早的觉醒者。怎么说呢，我父亲在这方面，嗅觉敏锐，同素日里的他，简直判若两人。那时候，生产队已经没有了。我父亲放下他用了多年的算盘，他开始做生意了。他勤苦，诚实，仁义，他成功了。算起来，那几年，是我们家的第二个盛世。虽然，其时我母亲已经生了病，然而，还好。家里的境况越来越好，我母亲心情愉悦。她向我父亲提出，应该带上我舅。那几年，我舅的生活日渐寥落了。仿佛在一夜之间，外面的世界，向芳村的人们掀开了一角，那满眼的光华，炫目，诱人，仿佛一束强光，把昏昏欲睡的人们晃醒了。渐渐地，人们见多识广，我舅的手艺，越发寂寞了。有时候，想来都觉得奇怪，一个人，他所依恃的一样东西，或者说，一种习惯，忽然间坍塌了，他会发生一些意想不到的变化。我是说，我舅整个人渐渐委顿下来了。他抄着手，在旧院里踱来踱去。一群麻雀在地上跳着，惊讶地看着他，唧唧叫着。他入神地看了一会儿，目光有些茫然了。他想起了什么？他是想起了他的好时光吧。我舅同我父亲合伙的时候，问题就来了。我舅是这样一个人，好胜，自信，被人奉承惯了，戴惯了高帽，时时处处，他怎么能屈居我父亲之下？他常常不顾我父亲的劝阻，自行其是。结果可想而知。我父亲暴怒了。我母亲从旁看了，知道这一对连襟之间的种种过节，而今，倘若非要把他们捆在一起，怕是最后都不得收场了。

后来，我舅也陆续同人家合伙过，做些小生意。往往是，最初的时候一好百好。我说过，我舅是一个会处事的人，最善于打生场。然而越往后，分歧越大，终至散伙，各走各路。我舅先前的长处，此时都成了致命的短处。他过分地爱干净，耽于清谈，却往往不付诸行动。他不肯吃苦。他喜欢指挥人。他爱听奉承话。可是，这年头，谁还会抱着那份闲情，坐下来奉承一个闲人？后来，我舅终于气馁了。他整天待在家里，什么也不做。周围热气腾腾的氛围，更衬托出他的落落寡合。在时光的河流里，他慢慢堕落下去了。

那些年，倒是我的五姨，默默地承担起了一切。能怎么样呢？孩子们都渐渐长大了。老人们也老了。花钱的地方，越来越多了。为了我舅的性子，她暗地里流过多少泪，同他吵过多少嘴。若是在刘家，也就由他去了。他一个大男人，正当盛年，日子竟然过成这等光景。然而，在旧院，在自己家里，她总不能眼睁睁地看着，袖手旁观。她不能让姥姥伤心。她再也想不到，自己的男人，竟然是这样一个人。她恨他。然而，看着他一脸的萧索，她又止不住地喉头涌上一股东西，酸酸凉凉，被她极力抑住，眼睛却分明模糊了。

那时候，我的几个姨们，都慢慢发达起来。尤其是我的小姨。小姨父，那个月夜的青年，一向是被我舅不大看在眼里的。他憨厚，沉默，甚至还有些木讷。当初，我舅为此没少在背后贬斥他，甚至，当着小姨小姨父的面，他向来不曾客气过。谁能想得到呢？这样一个人，这两年，竟然渐渐发达了。他忠直，无欺，讲信用，肯吃苦。他们开办了这地方的第一家工厂。汽车，楼房，简直过起了城里人的生活。我舅的两个儿子，媳妇，都在小姨父的厂里做工。我忘了说了，我舅的这两个儿子娶亲，多亏了我小姨父，当然，还有我的几个姨们。为此，我五姨同我舅闹，哭道，也多亏他们姓翟，要不然，我干脆让他们打一辈子光棍。

多年以后，我回到家乡的时候，说起我舅，父亲叹一声，说，如今，老了老了，倒卖起苦力了。听说，我舅到城里的工地上做小工了。有好几回，我到旧院去，都没有遇上我舅。五姨说，前几天刚回来过，抓了些药，带走了。你舅的腿老疼。我忽然就沉默了。半晌，才说，你跟我舅说，别那么苦了。一出口，才知道这话多么苍白无力。五姨笑了一下，说，小春子，你甭心疼他。这人啊，总是这样。一辈子吃的苦，总是有数的。要么是先甜后苦，要么是先苦后甜。小春子，你信不信？

我不知道该怎么回答。姥姥在门槛上坐着，在太阳地里，昏昏欲睡。偶尔，她抬起头来，看我们一眼，一脸的茫然。我想起前些年，我回到家乡，在旧院，我挽了父亲的胳膊，悄悄说着闲话。我舅走过来，我父亲便有些忸怩了，叱道，看看，这么大姑娘了。我舅笑了，说，小春子回来，横竖不离你左右。我们都笑了。现在想来，那一回，我舅他，是吃醋了呢。有什么办法呢？人都老了。人老了，简直就是小孩子了。

我忽然特别想见到我舅。

背　影

　　我一直没有说我的三姨。在旧院，三姨仿佛一个缥缈的传说，美丽而辽远。

　　怎么说呢，在旧院的六姐妹当中，不，在芳村，三姨的美，是独一无二的。乡下女子，再怎么也会多少带有一些村气，她们的肤色过于红润，她们的头发过于漆黑，尤其是，她们的神情，举止，她们的穿衣打扮，都会令人一眼便猜出她们来自乡野。俊俏还是俊俏的。可是，你相信吗？我的三姨不同。很小的时候，三姨便有一种与众不同的气质。是的，气质。这个词，是多年以后，我才慢慢找到的。它用在三姨身上，恰到好处。三姨皮肤很白，头发呢，却有一点淡淡的金色，而且，莫名其妙地，微微有些卷。这令三姨显得格外洋气。三姨也会穿衣裳。乡村人家，日子艰难，难得做一件新衣，更多的时候，是一件衣裳轮流穿，老大穿了，给老二，依次传下去，一直到最小的孩子。穿过了，依旧不肯扔掉，留下来，打袼褙，缝被里，做鞋面，样样都使得，

196

真正算是物尽其用了。三姨穿的，常常是我母亲的衣裳。因为是第二代，看上去依然是新的。只是，同样的衣裳，穿在三姨身上，就不同了。这真是神奇的事情。我至今记得，有一件浅灰布衫，带着细细的粉的暗格子，小撇领，黑纽扣，贴了一个明兜，是那个年代乡间常见的服饰。女人们穿着它，如果不看头发，简直辨不出性别。三姨穿着这件灰布衫，她白皙的皮肤，淡金的微卷的头发，她的神情举止，立刻令这件普通的布衫焕发出一种特别的光彩。我惊讶地发现，这种浅灰色，上面隐隐的细格子，同三姨是多么地相配。灰布衫肥大，三姨穿着它，走起路来，每一个细碎的起伏和轻微的波澜，都越发衬托出玲珑的腰身，同如今那些曲线毕露的紧身衣相比，更多了一种说不出的味道。我看着三姨在阳光下走过来，风把她的头发吹乱了，仿佛吹乱一匹淡金的绸缎。迎着太阳，她微微地眯起眼。睫毛的阴影投下来。皮肤几乎要透明了。那个时候，我还不知道气质这个词。我只知道，三姨美。三姨的美，在芳村极少见。三姨没有上过学，可是，三姨聪慧，灵透。尤其是算账，又快又准，简直比我父亲的算盘都厉害。有买卖往来的事，姥姥总是喊上三姨。在对方还伏在地上拿树枝左画右画的时候，我三姨这边早已经一清二楚了。或许也因此，姥姥对这个三姑娘格外多了一层偏爱。

那时候，乡间常来说书人。电影以外，这是人们最大的娱乐了。在村东的打谷场上，一张桌子，一盏玻璃罩的油灯，映着底下幢幢的人影。月亮又大又白，在云彩里静静地穿行。风很野，从田野深处吹过来，带着泥土的腥气，潮湿而新鲜，让人忍不住鼻子痒痒。说书的是一对父子，父亲是盲人，儿子呢，却是一个很瘦小的青年，脸色苍白，目光忧郁。大多时候，是父亲说书。父亲立在桌子一侧，桌子上，一只搪瓷水缸，一块惊堂木，此外别无他物。父亲说《岳飞传》《杨家将》《薛刚反唐》《三国》。那时候，乡下还没有收音机。晚上，劳作了一天的人们，聚在打谷场上听书。很小的时候，我就对说书人怀有一种深深的敬意。金戈铁马，庙堂深宅，帝王将相，才子佳人。所有这些，说书人口里的一切，超越了芳村人的日常生活，它们穿越岁月的风尘，从辽远的古代迤逦而来，令饱受风霜之苦的人们，忘却了尘世的艰难与困顿，他们凝神屏息，沉浸到另一个世界里去了。夜色清明，我坐在三姨的腿上，能够感觉到她全身由于紧张而带来的僵硬和紧缩。她的一只手紧紧握着我，手掌心里很热，很潮，她出汗了。夜风吹过来，惊堂木啪地一响，我们都同时打了个寒战。三姨把我往怀里紧一紧，我的肩膀贴着她的胸，我能够清晰地感受到她的心跳。这个时候，盲人的儿子，那个瘦小的青年，往往是坐在一旁，托着半边腮，眼睛定定地看着某个虚空的地方。他在想什么呢？或许，父亲的这些书，他早已经不知道听过多少遍了。他大约都能够背下来了吧？我一直疑惑，这个忧郁的青年，他为什么沉默，为什么他一直都不说话？后来我才知道，那个青年，是一个哑人。空听了一肚子的古书，那些故事，那些人物，在他的心里，怕是熟极而流了吧，然而，他却一辈子都无法开口，把它们讲出来。后来，我常常想起那种情景。父亲立在桌旁，口若悬河。四下里静悄悄的，他很想看一眼他的听众们，可是，他不能。他的眼前，是一片黑暗。如同一块黑色的幕布，无边无际，那些遥远的人和事，仿佛是这幕布上描绣的风景，他穷其一生，用语言，一遍一遍把它们擦亮。那个青年，坐在一旁，目光辽远。他是在心里说书吗？绘声绘色，只说给一个人听。

在旧院，姥姥对几个女儿管教极严。起初，她不让我的姨们去听书。姑娘家，总该要矜持一些才好，当然，也不至于如她们那个年代，大门不出，二门不迈，可是，也断不能像如今这样，坏了章法，乱了世道。然而，对三姨，姥姥总是不那么固执己见。她从旁看着这个三姑娘，有时候，莫名其妙地，心头会涌起一种很奇异的感觉。她白皙的皮肤，淡金的头发，微微打着卷，她的神态，举止，都有一种很特别的气息，陌生而新鲜。这个孩子，她像谁？姥姥有些难为情地笑了。像谁？还能像谁！姥爷正坐在院子里，细心地擦拭他的猎枪。这是他的爱物。阳光照过来，在他的手背上一跳一跳，他的影子映在地上，矮而肥，随着他的动作，一伸一缩。姥姥看着看着，就叫姥爷。姥姥管姥爷叫作哎。姥姥说，哎。姥爷应了一声，并没有抬头。姥姥又叫了一声。姥爷正把头俯下去，冲着他的爱物认真地哈气。姥姥忽然就发了脾气，两步走过去，把那猎枪一把夺过来，姥爷没防备，他手里捏着那块破旧的抹布，怔怔地看着自己的猎枪，它怎么到了姥姥手里？姥姥看着姥爷茫然的眼神，心头暮地升上一股气馁，还有绝望。这个人，在这个世界上，他只关心他的猎枪。她不明白，自己怎么会嫁了这样的男人。这是她这一生最为气恼的事情。为这个，她流过多少回眼泪。如今，孩子们都大了。她也懒得同他计较了。然而，终究是气恼。家里的事，他几时曾放在心上？这些天，三姑娘像是着了魔，天一黑就往打谷场上跑。白天干活，也是神思恍惚，常常莫名其妙地发呆，或者是，痴痴地出神，忽然就微笑了。姥姥冷眼看着这一切，心想，这是中了邪了。她细细思忖着那一对父子。总不至于吧？她想。那个父亲，年纪总有四十多了，常年的风吹日晒，看上去，老，而且盲。戴了一副墨镜，那黑洞洞的镜片后面，藏着说不出的神秘。那个青年，也有二十岁了吧。瘦小，苍白，忧伤，像一个没有长成的孩子。这样两个人，对三姑娘，怎么竟有那么大的吸引力？姥姥看了一眼三姨的背影，暗暗叹了一口气。

这两年，三姑娘也已经慢慢开始发育了。她特意为女儿们缝制的胸衣，三姑娘总是有很多怨言。那种胸衣，极紧，一侧是一排纽扣，穿的时候，须得深吸一口气，才能够费力地把它们一一系上。在乡间，母亲们总是早早为女儿预备下这样的胸衣。她们最见不得没有出嫁的姑娘，举着高高的胸脯，在人前走来走去。在她们眼里，这是件很丢人的事情。姥姥看着三姨窈窕的身子，藏在肥大的布衫里面，也能依稀看出其中的起伏和曲折。想起三姨系纽扣时龇牙咧嘴的样子，她在心里骂了一句。然而，也就微笑了。谁不是从年轻的时候走过来的？姥姥把手里的玉米皮一张一张地理好，捆起来，堆在一旁。这地方，有专门来收玉米皮的，要拣洁白柔软的好成色，收进工厂，据说能够编织成漂亮的工艺品，卖得很好的价钱。姥姥又觑了一眼三姨的背影，想着要不要把她叫过来，让她还是老老实实把胸衣穿好。阳光落在三姨的身上，给她整个人镀上一圈毛茸茸的光晕。正踌躇间，却听得隔了墙头，有人在叫她。三姨把手里的东西一放，跑出去了。

　　直到现在，我都不太明白，我的三姨，她究竟如何离开芳村，到了省城。有人说，她是一个人，在一个有月亮的夜里，悄悄地离家出走。也有人说，她是跟了那对说书的父子，私奔了。有人就眨眨眼，说，究竟是跟老的，还是小的？人们都嘎嘎笑了。我姥姥心里仿佛滚了一锅的热油，煎熬得紧，脸上却是一片死水，没有一丝波澜。个死妮子！她竟然敢！养了她十六年，竟然就这样甩袖而去。真是白疼了她。她早该料到的。个死妮子！我姥姥埋着头薅草，有什么东西顺着脸颊不停地淌下来，也不知是汗水还是泪水，热辣辣的，然而又有些冰冷，杀痛了她的眼。这个女儿，她是打定主意，不要了。就当她没有生过她，养过她。就当是她养了一条白眼狼，养熟了，反过头来竟咬了她一口。她在心里骂着，恨得牙痒痒。也不知道哪里来的野草，怎么就这么多，割也割不败，没完没了。阳光泼辣辣地照下来，让人无处躲藏。有风吹过，一阵热，一阵凉。一只马蜂在身边嘤嘤嗡嗡地飞来飞去，落在我姥姥黏湿的头发上。她只觉得眼前金灯银灯乱窜，野草黑绿的汁液飞溅开来，溅到她的脸上，溅到她的嘴角，她感到嘴里又苦又涩，干燥得厉害。个死妮子！她竟然敢！

后来，我常常想，三姨的失踪，对姥姥简直是一场劫难。一个黄花闺女，竟然离家出走了。这真是一种耻辱。耻辱之外，她感到委屈。这么多年，她勉力撑着这个家，在人前，从来是谨言慎行。她身后是旧院，是旧院里的一群女儿家。她这个做母亲的，必得处处端凝得体。可是，谁能料到，我的三姨，竟然给她演了这一出戏，丢尽了旧院的脸。当时，我姥姥可能再想不到，这个三姑娘，我的三姨，有一天会衣锦还乡，成为旧院最大的荣耀。

　　三姨走后的很长一段时间里，面对各种各样的猜测和议论，我姥姥始终保持沉默。她照常下地，干活，在人前，只有更加低伏，甚至谦卑。从来不多说一句话，不多走一步路。人们见了，暗地里叹一声，说，也是个苦命人呢。我姥爷，则照常醉心于河套里的树林子。三姨的事，远没有费尽心机打不到一只野兔更令他苦恼。我的几个姨们，年幼无知，她们怎么会懂得姥姥的心病?

　　三姨回到芳村，已经是十年以后的事情了。那时候，我的父亲和母亲，已经从旧院搬出，另立门户。四姨呢，也早出嫁了。五姨的二儿子也已经出世，在旧院，我舅是内政外交的一把手。小姨正在忙着相亲。我的姥姥，在旧院的欢腾里慢慢衰老下去。秋天的阳光照下来，柔软，敝旧，让人忍不住想靠在门框上，打个盹。门响的时候，我姥姥并没有抬头。想必是五丫头他们回来了。这一向，五丫头的话，是越来越少了。明明刚才还是微笑着，见到她，忽然就凝住了，剩下的只是一脸的淡然。逢这个时候，我姥姥便揪心地难受。这是

怎么了？苦熬了一辈子，她怎么到了这一步？我姥姥微
阖着眼，感到一片阴影覆盖在身上。她睁开眼一看，吓
了一跳。一个女子站在她面前。乳白色的风衣，鸽灰色
的帽子，一头淡金的长发，在风中荡来荡去。我姥姥一
下子呆住了。

多年以后，我常常想象当时的情景。阔别十年之
后，我的三姨，这个当年的旧院的叛逆者，终于回到旧
院。面对着茫然的姥姥，她苍老的脸上惊惧的神情，面
对旧院，这个她十年来魂牵梦萦的地方，她在想什么？
我很记得，当时，我从外面飞快地跑回来，远远地，我
看见旧院前面挤满了人。一个姑娘，她穿着入时，站在
院子里，落落大方地跟人打着招呼，把五颜六色的糖
果，塞给怯生生的孩子们。我姥姥在枣树下坐着，同人
笑眯眯地说着话。厨房里传来剁肉馅的声音，剁剁剁剁
剁剁，喜庆而热烈。我母亲正蹲在地上和面，看到我，
张着沾满湿面粉的手，一把把我拉过来，拖到我三姨面
前。我感到我三姨的手温柔地在我头上摸来摸去，她摸
着我的小辫子，弯下腰来，问我，你叫小春子？谁给你
梳的小辫儿，这么漂亮？我的脸一下子涨红了，不知道是

因为害羞，还是因为兴奋。我惊讶地发现，我的三姨，她说的话和芳村人都不一样。她说的话，后来我才知道，叫作普通话，简直就是收音机里的广播，陌生而洋气，很好听。我呆呆地看着三姨的手，那可真是这世界上最美丽的手。它们洁白，娇嫩，丰润，修长的手指，竟然染着红色的指甲油。左手的中指上，戴着一只亮晶晶的戒指。我简直惊呆了。此刻，母亲沾满面粉的手还悬在一旁，随时防止我临阵逃脱。我看了一眼那双手。干燥，粗糙，骨节粗大，如果没有面粉的遮掩，一定能够看到上面厚厚的老茧。这双手，平日里是那么的温暖和亲爱，而此时，我却在那一刹那间感到了羞愧。是的，羞愧。多年以后，当我想到那一刹那的时候，我总是为自己的虚荣和冷酷而感到难过。当然了，那时候，我还只是一个孩子。我不懂事。可是，一个不懂事的孩子，他的冷酷，该是多么真实，而且可怕。

那些日子，三姨的衣锦还乡，对芳村来说，简直就是一个打击。这么多年，三姨一直是母亲们教育女儿的反面教材，谁家的姑娘闺中不驯，做母亲的便会把十年前的三姨搬出来，咬牙恨道，可别学了旧院的三姑娘。可如今，三姨竟然回来了，全须全尾，而且，改头换面。在很长一段时间里，芳村的人们，对三姨的荣归心情复杂。然而，终究还是艳羡。

谁不艳羡呢？三姨走在街上，她乳白色的风衣，鸽灰色的帽子，她的高跟鞋，细细的跟，像锥子，深深插入芳村的泥土里，走起路来，如风摆杨柳。她美丽的脸，镇定的神情，举手投足之间，那一种特别的气质，从容，优雅，高贵。她的红色行李箱，她的普通话，她身上那一种气息，陌生而神秘。它来自远方，不属于芳村这块土地。所有这一切，都令芳村的人们深深着迷。女人们都暗自感叹，同时也有一种迷茫。遥远的城市，该是怎样一个世界？男人们呢，私下里的议论就多了。这个三姑娘，旧院的人尖子，到底不寻常呢。

在经历了种种起伏和风浪之后，旧院，由于三姨的荣归，迎来了又一个繁华的盛世。那时候，在乡下，凡有喜事的人家，都要吃伙饭。亲戚本家聚在一处，是喜庆，也是好人缘的明证。那些日子，旧院里高搭凉棚，男人们在屋里喝酒，院子里是女人和孩子们。我姥姥微笑着，四处张罗着，偶尔，也到厨房里去看一看。厨房里的事，自然有我舅督着一切，她尽可以放心了。我说过，我舅是这地方有名的厨子。我姥姥四下里转一转，人们的赞美和艳羡，看了满眼，听了满耳，脸上不动声色，心里却是长舒了一口气。

她是想起了当年。当年，这个三姑娘让她咽下多少苦水，经受了怎样的煎熬。十年了。这十年，她本是横了一条心，权当这三姑娘死了。可是，谁能想得到呢？如今，她竟然又回来了。个死妮子！我姥姥看着三姨的身影，她正忙着给婶子大娘们分布料。这种布料，轻软，光滑，据说叫作的确良，同乡下的洋布比起来，简直是一个天上，一个地下。比起家织的老粗布，更是没有了远近。外面的人不知道说了句什么，都笑了。我姥姥看着三姨的背影，也微笑了。个死妮子。跟老头子一样，也是个败家子。

那一段，是我最兴奋的日子。有事没事，我常常跑到旧院里去，在我三姨后面，像个跟屁虫。到了晚上，也不肯离开，赖在三姨的屋子里，任凭母亲如何威逼利诱，我都不为所动。我清楚地记得，有一回，我终于被准许同三姨睡在一起。晚上，我趴在被窝里，看着三姨在地上转来转去，洗洗涮涮。屋子里弥漫着淡淡的肥皂的芳香。后来三姨关了灯，我听到黑暗中传来哗哗的水声，轻柔，细腻。我不知道三姨在做什么。月光从窗格子里漫过来，影影绰绰，我看到三姨雪样的肌肤。三姨在洗澡。然而，也不像。水声像小溪，潺潺的，悠长，悦耳。黑暗中，三姨一直没有说话。我猜想，三姨一定很享受这个过程，后来，我听到□□□□的衣物声。三姨终于躺下来的时候，我的眼睛已经睁不开了。朦胧中，我闻到一股好闻的气息，让人沉醉。我感到三姨在我的脸上轻轻抚了一下，后来，就什么都记不起来了。现在想来，这是我唯一一次同三姨的亲密接触。

后来，当三姨再次离开旧院，不知所终的时候，我总是想起那一个夜晚。一个懵懂的孩子，第一次懂得了女人的一些秘密。我感到一种来自内心深处的跳荡。是的，跳荡。当然，我是美丽的三姨的同性，她的外甥女。然而，不管你是否相信，我仍然固执地认为，我感到了那种最初的跳荡。它来自一个孩子的内心深处。与美好有关。多年以后，当我长成当年三姨的年纪，长成一个成熟的女人，我总是一次次回到那个有月亮的夜晚。黑暗中，一些东西次第开放，迷人而芬芳。

三姨再次离开旧院。多年以来，一直杳无音讯。对此，我姥姥始终不肯相信。怎么可能！三丫头不是一个没良心的孩子。她怎么能够扔下健在的父母，一去不回头？村子里，各种猜测都有，冷的热的，凉的酸的，都被我姥姥笃定的神情堵回去了。私下里，我听到父亲同母亲谈论起来，父亲说，三妹她——也真不容易。邻村的三生进城，仿佛是看到她了——不知道，是不是。母亲的声音闷闷的，有些哑，分明带着哭声。母亲说，个死妮子。然后，是一声长叹。我侧耳听着，内心里充满了忧惧不安。我的三姨，你到底在哪里呢？

后来，我常常想，当年，我的三姨孤身一人，在异乡，不知道经受了怎样的坎坷和磨难。她为什么要离开呢？我猜想，我的三姨，她未必是恋上了说书的父子。或许，是说书人口中的故事，那些遥远而陌生的世界，令我的三姨无限神往。那些心神激荡的夜晚，第一次，令不识字的三姨看到，旧院之外，芳村之外，还有一个无边的天地，超越了她十六年以来对世界的全部想象。我不知道，当年，当她抛下一切来到外面的世界，她所有的梦想一一破灭的时候，她是不是怀念起了乡下，芳村，那个旧院，想起了旧院里贫瘠却温暖的亲情。我的三姨，那样一个美丽聪慧的女人，在那个动荡的世界，我猜想，她一定经历了很多。我不知道，离家十年之后，那一回的衣锦荣归，是不是她蓄谋已久的安排。面对姥姥，面对旧院的亲人，她为什么一直对自己十年的生活保持沉默？那最后一次离开旧院，她是不是早已经料到，此一去，将永不复返？当汽车绝尘而去，旧院，亲人，芳村的树木和庄稼，飞快地在视野里消失的时候，那一刻，她是不是感到一丝眷恋，或者悲凉？

或许，三姨一直都不知道，她的短暂的荣归，以及她的故事，在一个孩子的内心深处，掀起了怎样一场风暴。在我，我的三姨，她是一个传奇。或许，从一开始，三姨，这个气质特别的姑娘，她就不属于旧院，不属于芳村，不属于我们。她有隐形的翅膀，她迷恋于飞翔。她属于天空，属于远方。是的。这样的人，我的三姨，她当然属于远方，不可知的神秘的远方。

一直到现在，我的三姨杳无音信。多年以后，我离开芳村，来到京城。有时候，在某一个清晨，或者黄昏，我会忽然想到我的三姨。在大街上走着，我会忽然停下脚步，在茫茫的人群里，忽然叫一声三姨。前面那个美丽的女子回过头来，诧异地看着我。人们一定以为我是疯子。

我的泪水流下来了。

「醉太平」

一

　　窗子半开着。绿萝层层叠叠的，在墙上投下了斑驳的影子。不知道谁家的孩子在学琴，断断续续的，有一点生涩，有一点犹疑，还有那么一点微微的负气的意思，反反复复，十分有耐心。老费歪在沙发上看手机报。世界真是不太平。到处都是坏消息。让人觉得，眼前的这份生活，尽管有那么一些不如意，但到底还算安宁。怎么说呢，这些年，老费都是一个人，习惯了。

　　当然了，有时候，老费也会想起刘以敏。

　　刘以敏是一个安静的女人。当初，老费就是喜欢上了她的这种安静。骨子里，老费有那么一点大男子，觉得安静是女人的第一美德。女人家张牙舞爪，蝎蝎螫螫的，总归不像话。所谓的贞娴幽艳，是老费对女人的最

215

高理想。而在如今这世道，却可遇而不可求，简直是个妄想了。

刘以敏是药剂师，身上常年有一种微微的药香。中药这东西，奇怪得很，它的香气是内敛的，低调的，沉静的，不似脂粉香水，蛊惑人心，叫人迷醉，也叫人动荡不安。结婚十年，老费已经习惯了这种药香，干净的，妥帖的，温良的，让人没来由地感觉现世安稳，岁月平定，都在手掌心里牢牢握着。刘以敏喜欢家务，家里的一切都打理得横平竖直。卧室的床头柜里有一个小医药箱，预备着各种各样的常用药。没事的时候，刘以敏喜欢把这些药拿出来，逐个研究上面的说明。偶尔也淘汰一些，因为过了保质期。大多数时候，刘以敏只是认真地看，一看就是大半晌。老费对刘以敏的这个习惯倒不太奇怪。药剂师嘛，自然对药物满怀兴趣。就像厨师热爱厨艺，建筑师迷恋建筑，有什么大惊小怪的呢。况且，老费和女儿也从中得到了很多好处。有个头疼脑热，小病小灾，一点都不慌张。有刘以敏呢。

一只鸽子落在阳台的护栏上，咕咕咕咕叫着。白色的羽毛，肚子上隐隐有一痕浅灰。东四这一带，鸽子多。老费把手机扔在一旁，摘了眼镜，半闭上眼。周末，本来说好要看女儿的，但刘以敏说，奥数老师有事，临时调课。计划就乱套了。刘以敏在电话里口气照例是淡淡的。老费心里恼火，也不好说什么。可恨！老费总觉得，刘以敏这是故意。再给易娟短信，等了半晌，易娟才简短地回复：改日吧。老费猜测，这是不方便了。平日里，易娟不是这样的。易娟是一个活泼的女人。在老费面前，尤其生动。老费心里酸酸的，涩涩的，说不出的复杂滋味。易娟有家庭。这一点，老费是知道的。老费不知道的是，易娟的家庭生活是不是如她所描述的那般索然无味。谁知道呢？女人，大约是世界上最复杂的动物。雾里看花水中望月，你永远猜不透。就像刘以敏。

二

其实，在那一天之前，老费对刘以敏的事一点都没有觉察。刘以敏的生活，怎么说，简直像钟表一样规律：上班，下班，接送女儿，做家务，周末去看望父母——老费的父母。刘以敏是江浙人，父母在老家。刘以敏的一颗心，便全长在费家二老身上了。费老爷子嘴巴刁，最喜欢刘以敏的红烧肉。家里那只小黄，也同刘以敏要好。见了她，又是亲又是蹭，不知道怎么亲热才好。费家二老对刘以敏，简直是依赖得不行。一口一个小敏，朝她抱怨着天气，物价，诉说着自己的这儿疼那儿痒，那口气，那神情，竟不像是儿媳妇，简直是贴肝贴肺嫡亲的闺女了。刘以敏呢，也有耐心，好脾气地笑着，问长问短，问暖问寒，直把二老哄得欢天喜地。倒是老费，从旁无聊地看看电视，翻翻报纸，衣帽齐整，神态悠闲，油瓶倒了不扶——倒仿佛是这家的客人了。费老爷子在量血压。费老太太又絮絮地说起老费小时候的那些事，也不知道说了多少遍了。刘以敏择着菜，一面嗯嗯哪哪地应着，适时地惊叹一下，哦，啊，是吗？真的？十分地肯敷衍。费老太太越发眉飞色舞，笑得嘎嘎响。老费看了一眼她们婆媳二人的背影，冲着小黄做了个鬼脸。

三

老费所在的研究院，是一个虚实相生的文化单位。说虚实相生，虚，大约要占去十之八九。余下的那一二，便是一本学术刊物。这刊物看上去并不出众，薄薄的，面孔呆滞，但却是国家核心期刊，有不少人的身家性命，都不松不紧地系在上面。评职称，晋教授，搞课题，发论文，哪一样离得了核心期刊？老费呢，作为刊物的执行主编，少不得要出去应酬。各种人情关系，更是缠缠绕绕千回百转。老费性子是个好静的，不喜酬酢热闹，但有什么办法呢？这是工作。出差也多。全国各地的会议，有的是繁多的名目由头。实在推不得，老费就只有去。常恨此身非我有啊。感叹之余，老费也有那么一点得意。大丈夫行世，不说有千秋情怀治国平天下，安身立命之所却是必需的吧。老费的安身立命之所，便是他的学术。都讲学术生命学术生命，学术就是老费的生命。没有学术，哪里有老费的今天？然而得意归得意，老费怎么不清楚，人们众星捧月，捧的是他屁股底下的这把椅子。单凭他老费，怎么可能！

　　对于功名这东西，老费是俗人，也不能免俗。从老北京大杂院里头破血流一路厮杀出来，为的是什么呢？就算老费不热衷此道，在冠盖云集的京城，在弱肉强食的圈子里，他也只有咬牙跺脚，不得不。不过，骨子里，老费还是有那么一点读书人的清高。读书人，拼的是什么？是读书。老费的书读得过硬，文章呢，也委实厉害。在圈子里，也算是个人物。不像那些同行，削尖了脑袋，投机钻营，攻城略地，浪得一些虚名，究其实，却不过是一些学术混子。打着学术的幌子，到处招摇撞骗。眼看着他们一个个发达起来，老费再清高，心里也是有那么一些不甘。凭什么呢？就凭他们肚子里那半瓶子醋，那些个虚头巴脑狗屁不通的文章？这世道，当真是乱了。然而，不甘心归不甘心，老费究竟还是书生本色。无欲则刚。老费信这个。在这一点上，老费倒是很感激刘以敏。结婚十年，刘以敏从来也不曾鞭策过老费，像天下那些望夫成龙的妻子们一样，做着夫贵妻荣的好梦。刘以敏甚至从来不过问他单位里的人事。当年，这个女人也是跟着他一穷二白地走过来的。住筒子楼，生煤炉子，几户人家共用厨房卫生间。一家三口挤几平方的小屋，开门就是床。也不知道是怎么熬过来的。记忆当中，仿佛刘以敏从来没有抱怨过一句。倒是老费，清高之余，觉得究竟委屈了老婆孩子，也害父母双亲忧心，枉为人夫人父人子，更枉为一世男人。痛定思痛，老费咬牙要改。说到底，人最大的敌人，还是自己。这话真是有理。在圈子里看得多了，渐渐积累了心得。老费悟性好。智商加上情商，还有什么是老费看不透的？书生之外，老费也懂得变通。外圆内方，老费深谙此中堂奥。因此上，老费的人缘极好。人缘是什么？是群众基础。在领导那一方面，老费也知道尺度。太远了不行。太近了呢，也不行。好在老费业务过硬，为人呢，又低调。是非又少，人前人后，从来都是不卑不亢。知识分子扎堆的地方，最容易内讧。院里那两派，争权夺利，闹得不可开交。自然了，都来拉拢老费。老费呢，虽则是面上一脸懵懂，可心里明镜似的。争来争去，还不是一个利字？老鸹笑话猪黑。刊物的执行主编，经过几番厮杀，明争暗斗，几败俱伤的时候，一个大馅饼咣当一声，不偏不倚，正砸在老费头上。惊诧之余，两个对立面倒都平静下来。也好。如此也好。老费呢，心里自然是得意，脸上却是波澜不兴。一如既往的低姿态。大块文章呢，却是一篇接一篇，有一些春树繁花开不尽的意味了。火借风势，风助火威。墙里墙外，花香一片。一些心思复杂的人也只有闭了嘴。老费的位子便稳稳地坐下了。那一年，老费四十岁，照说正是血气方刚的年纪，却是沉着淡定得很，从不见一句过火的话，一个忘形的举止。谁不喜欢低姿态呢？高调做事，低调做人。人们说，老费这家伙，看着不声不响，是有韬略的。

四

五月的杭州，正是烟花烂漫。老费从会议上溜出来，走廊里恰巧遇上万红。万红是院里的同事，另一个所的研究员。老费摸出手机，装作打电话的样子。不料却被万红叫住，费主编。老费只好停下来，对着手机说，那好，好，先这么说，回头聊回头聊。万红看着他，嘴角抿着，笑。仿佛是看穿了老费的装模作样。老费赶忙说，烦，真烦。破事儿没完没了——怎么，出来透透气？

　　江南春光，别有一番风致。一眼望去，西湖的烟波浩渺，尽在一览之中。微风吹拂，万红的裙子飞起来，还有丝巾，上面的流苏一下子缠上了老费的西装纽扣。老费手忙脚乱地去弄，偏偏那葱绿色的流苏纠结不休。万红看他急得红头涨脸，却并不帮忙，咯咯咯咯笑起来。随着万红的花枝乱颤，老费的一双笨手更是不得要领，心里不由得咬牙恨道，小贱人！果然是名不虚传。嘴上却只好柔软下来，央求道，求你了。万红忍着笑，朝他飞了一眼，一双十指尖尖的小手，三下两下便把那流苏和扣子的风流官司了结了。万红的头发像黑烟一般，有几缕飘进老费的眼睛里，香喷喷，痒酥酥的。老费就有些恍惚。万红把丝巾的流苏看了又看，嗔道，瞧你，都给人家弄坏了。老费看她娇嗔满面，眼波流转，就有点消受不起，想找个借口回去。在圈子里，万红可是一个明星人物，牵藤扯蔓的，瓜葛遍野。老费不想平白地招惹是非。

　　后半场的会就开得心不在焉。万红那葱绿色的流苏，把老费弄得心神不定。晚餐的时候，万红照例是众人的焦点。圈子里本就阳盛阴衰，这种会议，女人更是那万绿丛中一点红。酒场上，自然少不得红粉的点缀，要不然，男人们的豪气干云英雄气概，演给谁看呢？万红已经换了装。露肩低胸，春光乍泄，十分地惊险。把一帮人都看得痴了。万红究竟是读过博的，懂得文武之道，懂得张弛之理，从端正清丽的女学者，到烟视媚行的女妖精，她不费吹灰之力。火红的小礼服燃烧起来，衬了粉琢般的肌肤，把男人们烤得晕头转向，都渐渐有些失了形状。老费从旁看着那彩云追月的样子，心想，这帮家伙，就这点出息！

开了两天的会，余下的活动便是玩了。游完西湖，又到灵隐寺去烧香许愿。老费头天夜里洗澡贪凉，加上终究旅途劳累，感冒了。一生病，就想家。这是人的通病。老费就改签了机票，提前回了北京。

到家的时候已经是下午四点多了。老费一进门，却发现玄关处的衣帽架上挂着刘以敏的外套。那双米黄色高跟皮鞋，一只端正，一只趔趄。莫非，刘以敏今天不上班？老费脑子里闪过无数电影小说里出现过的画面，飞快地，走马灯一般，根本由不得他。心里倒还是镇定的。不知道怎么回事，他有一种命中注定的预感。不祥的，宿命的，魔幻的，甚至有一点隐隐的兴奋，一种类似万事皆休般的——毁灭感。衣帽架上多了一件男人的西装，卡其色，陌生的，侵略性的，带着某种邪恶的气息。老费的脑子里空荡荡的，响着激烈的回声，因为空旷，只留下模糊的仓促的轰鸣。他一只脚从皮鞋里拿出来，机械地习惯性地去找拖鞋。没有拖鞋。刘以敏的也没有。老费愣了片刻，转身悄悄下了楼。

　　阳光明亮。明亮得有些虚假。到处都是欣欣然的样子，人间的五月，万物生长，万木花开。楼前的草地里，有割草机在轰轰响着。草木汁液的腥味在空气里流荡，新鲜得有些刺鼻。海棠花已经开了。丛丛簇簇，不管不顾地，开得恣意。还有玉兰。白玉兰。紫玉兰。花瓣肥美，汁水饱满，美丽得颓废，淡黄的花蕊在风中招摇，有一种疯狂的放荡的气息。小区里很安静。人们上班的上班，上学的上学。偶尔也有几个闲人。谁家的小保姆推着婴儿车，只管想自己的心事。一楼的老先生在侍弄他那些花花草草，戴着老花镜，费力地弯着腰。一个胖女人，蓬着头，穿着疑似睡衣，懒洋洋地呵斥着她的狗。老费在附近楼前的凉亭里坐着，默默地抽烟。藤萝架蓊蓊郁郁的，遮住了半个亭子。太阳慢慢从楼后面坠下去了，只留下一片淡淡的绯红，晕染了半边西天。暮色渐渐升腾起来，一点一点地，悄悄包围了他。老费眼睛紧紧盯着三单元的对讲门。刘以敏。怎么就没有想到呢？刘以敏。

五

说起来，同刘以敏的认识，有那么一点小小的传奇。还是大学的时候，有一回到医学院去找一个同学。医学院很大，空旷安静，树木也繁茂，到处是绿荫匝地。几个人在校园里散步，前面走着一个女孩子。正是夏天。女孩子穿一件棉布白裙，宽宽的，带着自然的褶皱，走起路来，腰身一收一放，起伏不定，直把几个青皮小子看得痴了。阳光穿过梧桐叶子，筛下点点光斑，明明暗暗的，叫人不安。一个人就捅捅老费的胳膊肘，说，怎么样——敢不敢？

后来，私心里，老费总觉得有一些不甘。是谁说的，身姿之美，胜过容颜之美。简直是胡话！怎么说呢？这个刘以敏，容貌委实一般。自然，也不能算作丑。中人之姿吧。她当初那美好的背影，真是有欺骗性。要知道，那时候的老费，是文青，对爱情，还有婚

姻，老费是抱有一些美丽的幻想的。老费心中的女子，
究竟是怎样的呢？老费想了半辈子，始终也没有想好。
想来想去，反正绝不是眼前的这一个。为了这个，老费
总觉得委屈。尤其是，生了孩子之后，刘以敏的身材是
大不如前了。更让人心烦的是，随着年纪渐长，刘以敏
竟然越发胖了起来。宽袍大袖的家居服，更让她显得没
有形状。有时候，看着刘以敏臃肿的身子在屋子里转来
转去，老费就懊恼得不行。有什么办法呢？人生就是这
样不讲道理。老实说，先前，恋爱的时候，还是有一些
美好的意味的。多少年了，老费有时候还会想起来，白
裙的女孩子，低着眉心，腰间那盈盈一握的感觉。仿佛
是一个夏天的黄昏，蝉在树上叫。风微微吹过来，淡淡
的芬芳，若有若无。一颗心跳得厉害。手心里湿湿的，
全是汗。也不知道什么时候，生活把当年那个窈窕的女
学生偷走了，丢给他一个肥胖的妻子。这真是没有办法
的事情。然而，委屈归委屈，老费认真想上两回，也就
把自己劝开了。贤妻，良母，孝顺的儿媳妇，敬业的药
剂师。还要怎么样呢？真是人心不足了。可是，这世上
的事——谁会想得到呢？

六

　　后来，关于那一天的事，老费一直没有问起。生活照常进行。刘以敏把老费出差的衣服全都清洗了，晾干，消毒，熨烫，折叠，收好。刘以敏把那只小旅行箱擦拭得一尘不染，用那个棉布套罩起来。刘以敏炖了雪梨银耳羹，熬了绿豆百合薏米稀饭。刘以敏把小药箱打开，仔细挑选了清火的感冒药。窗子不敢大敞着，只留了一条窄窄的缝隙。屋子里用着加湿器。细蒙蒙的水雾，在阳光下折射出一道斑斓的影子。北京的春天，实在是太干燥了。老费靠在沙发上，看着刘以敏忙忙碌碌。刘以敏的头发随意挽起来，露出雪白的脖子。刘以敏穿一件粉色家居服，胸前一跳一跳的，活泼得很。刘以敏在家不喜欢穿胸罩。老费看着看着，忽然就把眼前的一碗雪梨银耳横扫下去。碗掉在地板上，当啷啷一阵乱响，并没有破碎。刘以敏从厨房里奔出来，看着地下那一只歪斜的空碗，汤汤水水流出来，黏糊糊的，淌得到处都是。又看了一眼老费的脸色，仿佛是没有反应过来，又仿佛是，吃了一惊，怔忡了一时，便去拿拖把。老费坐在沙发上，只觉得胸口堵得难受，喘不上气来。刘以敏扔下拖把，慌忙过来扶住他，直问怎么了，怎么了这是。老费说不出话。半闭着眼睛，呼哧呼哧喘着粗气。刘以敏手忙脚乱地收拾残局。电话响了半天，老费也不管。到底是刘以敏□搦着一双湿手跑过来接了。刘以敏对着话筒说，没事，妈，是老费，感冒，小感冒，药刚吃了。老费看见刘以敏的鼻尖上细细的汗珠，心想，她怎么不发火，嗯？她怎么这么好脾气？

后来，老费出差，都是按时回京。回京前，他总是发短信告诉刘以敏。几点的飞机，几点落地，几点到家。刘以敏回道，知道了——□唆。

自那回以后，老费经常做梦。梦见自己从外面回来，掏出钥匙，半天也打不开门。或者，终于打开了，进去一看，竟然满眼陌生，是旁人的家。老费冷汗淋漓地从梦中醒来，身旁的刘以敏睡得正香。也不知道从什么时候开始，刘以敏居然也打起了小呼噜。先前，刘以敏不是这样的。是不是，胖人容易打呼噜？屋子里很静。窗外，夜色无边。老费靠在床头，默默地吸烟。

七

　　这个圈子里的人，都有那么一些毛病。怎么说呢？在浪漫和堕落之间。要说其中的边界，却是微妙而模糊，道不得。自古以来，有多少诗书文章，没有红袖添香的倩影呢？所谓风流才子，正是这个意思。读书人，本就心思旖旎，对世界和人生的认识，要辽阔得多，丰富得多了。又逢上这么一个大时代，闹哄哄，有破有立，或许终究，破的竟比立的还要多。到处是断壁残垣，到处是尘土飞扬。人心呢，就有些俯仰不定。是真名士自风流。这年头，名士风流是不必说的，一些个真真假假的文人，打着名士的幌子，也动不动闹得彩霞满天。仿佛没有一些绯色的传说，倒不像了。周围人的浪漫或者堕落，看得多了，老费也只是一笑。作为知名学者，核心期刊主编，实在不乏暗送秋波的女人，然而，老费怎么不知道，这其中的真真假假虚虚实实？不得不承认，这个时代，女人们是骁勇善战的，遇百折而不挠。不说那些当面的薄嗔浅笑，媚眼如丝，单是那些个柔情缱绻的短信，就令人有些把持不住。这些女人不比那些庸脂俗粉，都是读过书的，在大学的课堂上，也是不嗔自威的厉害角色，镇得住下面那一堂的轻狂后生。在研究机构，也是目不斜视凛然不可侵犯的大女子，学者范儿，然而在老费这里，却是一池春水波光荡漾。她们懂得唐诗宋词的厉害，懂得自古以来男人们的软肋，读书的男人，她们尤其知道他们的痒处和痛处。一向年光有限身，等闲离别易销魂。别来春半，触目愁肠断。欲见回肠，断尽金炉小篆香。这些个春愁秋怨，嘤嘤咛咛，个中款曲，老费如何不懂？任是铁石心肠，恐怕也不会心如止水吧。有时候，怦然心动之余，老费也半真半假地敷衍她们一下，一面按键一面心里骂道，什么衷肠难表，锦书难托，电子传媒时代，到处都是快捷方式，还有什么是难的？老费不是柳下惠。但老费也没有那么好的胃口。大约是因为有了刘以敏的教训，在女人方面，老费挑剔得很。

　　遇上易娟，完全是一个偶然。老费到 D 大去讲座，易娟是研究生院外联处主任，负责接待。老费由易娟引着，去学术交流中心的报告厅。 D 大校园很大，绿化也好。正是初夏，到处是草木青青。易娟的高跟鞋发出清脆的响声，让人没来由地心情愉悦。旁边的花圃里，有一种粉色的小花，团团簇簇，开得热烈。一只喜鹊停在草地上，镇定地朝这边观望。老费听见易娟新莺般的声音，费老师，到了。

晚饭在D大贵宾楼，易娟也作陪。研究生院魏院长是老费的老同学。席间，老同学自然是推杯换盏，把酒叙旧。然而，老费注意到，魏院长看上去热闹闹地喝酒聊天，一颗心却似乎全在对面的易娟身上。魏院长自以为隐蔽，但是老费的一双眼睛，不知道有多毒。说起来，老费同这个魏院长之间，还有那么一段故事。当年，老费和魏院长同时喜欢上一个外文系的女孩子，莫名其妙地，那女孩子竟被魏院长追到了。当时少年纯情，对老费的打击不可谓不深。自那以后，老费对魏院长的感觉就有那么一点微妙。自然了，魏院长和那女孩子也没有最终修得正果。按说，老费应该高兴，然而，也不知怎么回事，对魏院长，老费的感觉却更加微妙了。贵宾楼的菜不错，酒也是好酒。老费不知不觉就有点高了。席间，易娟一直张罗着，把他照顾得滴水不漏。对那魏院长，倒是彬彬有礼的，十分地自持。老费醉眼蒙□地看过去，易娟仿佛刚刚沐浴过，头发湿漉漉的，灯光下，清新中有一种撩人的妩媚。老费举起杯子，冲着魏院长，脸却朝着易娟，老魏，你们院里真是美女如云哪。

自那之后，老费偶尔给易娟发个短信。也没有什么事，不过是问候一下，说些个不咸不淡的废话。易娟的短信回复得很快。易娟是一个聪慧的女人。伶俐机巧，最宜于聊天。话锋总是不偏不倚，正合适。渐渐地，就有那么一点悠然心会的意思了，是啊，悠然心会，妙处难与君说。可是老费和易娟，却是不必说的。他们心有灵犀。这就有一点意思了。老费常常拿着手机，一遍一遍地看那些短信。越看越觉得，这个叫易娟的女子，真真一个水晶心肝玻璃人儿。有时候，老费想着那些交锋，语言的交锋，你来我往，桃李投报，情不自禁地微笑了。短信这件事，好就好在这里，比书信敏捷，比电话呢，迂回。私心里，当初，老费并没有把易娟看在眼里。作为女人，公正地讲，易娟只能算得上七分姿色。看来，老魏的审美，比起当年，竟是大大不如了。学院里，虽说是草长莺飞，但围墙高了，又有师道尊严的藩篱，终究有它的局限性。然而——老魏感兴趣的女人，想必是有她的过人之处吧。老魏。当年的那一箭之仇，虽说是时过境迁，但又因何不报呢？不过举手之劳而已。更何况，易娟又是这样一个兰质蕙心的人儿。老费仔细回味着那些短信，那种种得趣处，一颗心不由得摇曳起来。这一回，怕是由不得他了。

八

那一向，同刘以敏的关系有一点——怎么说呢——有一点奇怪。夫妻之间，时间长了，便仿佛血肉相连的一个人了。即便不是心有灵犀，但一个人身上的痛痒，却是同另一个人息息相关的。要说毫无觉察，是不可能的。那阵子，老费在家里越发沉默了。而刘以敏，则以更加镇定的沉默来回应他。两个人仿佛是暗自较了劲，老费什么都不问。刘以敏呢，什么也不说。刘以敏照例安静地上班，下班，接送孩子，给费老爷子做红烧肉，给费老太太针灸按摩。对老费，也温柔体贴。夜里的刘以敏，与先前也并没有什么不同。刘以敏向来不是一个热烈的人。在这方面，又有着医务工作者常见的洁癖，轻度洁癖。老费呢，先前倒是兴致勃勃的，年纪轻，又按捺不住，在刘以敏面前，不免有一点低三下四。后来，那一天之后，老费便渐渐委顿了，懒洋洋的，清心寡欲，难得有闺房闲情。刘以敏呢，也正好落得清静，有那么一些自得其乐。有时候，老费看着刘以敏洗洗涮涮的噜苏样子，便不由得一时性起，夹杂着无名的怒火，还有一些说不清道不明的情绪，老费就有些凶巴巴的，仿佛身下的女人正是自己的仇人。逢这种时候，刘以敏总是把眼睛一闭，颤巍巍地受了，也不反抗。刘以敏的反抗就是，没完没了地洗澡，一遍又一遍。床上一派凌乱，笼罩在一片柠檬色的灯光里。浴室里传来哗啦哗啦的水声。水汽把磨花玻璃门笼得严严实实。老费颓废地躺在床上，半闭着眼睛。狂欢后的虚无，末日般的恐慌，疲惫，还有无助。空气里似乎有一种草木的腥味，新鲜得刺鼻。海棠花开了。还有玉兰。白玉兰，紫玉兰。鹅黄的花蕊，微微抖动着，在风中招摇，有一种放荡的疯狂的气息。

　　醒来的时候，身边没有人。刘以敏正坐在卧室的地毯上，各种各样的药摊了一地。灯光把她的影子画在对面的墙上，虚幻的，夸张的，有一些变形。老费把两只手交叉着，枕在后脑勺下。这阵子，刘以敏越来越喜欢摆弄她那只小药箱了。她把那些码得整整齐齐的药，从里面一个一个拿出来，仔细研究它们的文字说明，然后，再一个一个放回去，重新排列整齐。刘以敏的神情专注，近于痴迷。守着那个小药箱，刘以敏能够一坐大半天，不动，也不说话。刘以敏的话不多。刘以敏是一个安静的女人。

离婚是老费提出来的。

刘以敏看着老费的脸，足足有半分钟。然后，刘以敏咬了咬嘴唇，说，好。

多年以后，老费有时候会冒出一个念头，当初，是不是把刘以敏冤枉了？

九

邻家孩子的琴声不知什么时候停下来了。空气里有一种饺子馅的香气。应该是韭菜馅。老费最喜欢韭菜馅。这原是北方人的口味。韭菜馅，大白菜馅，包饺子蒸包子包馄饨，是老费从小就吃惯了的。刘以敏呢，却是典型的南方人的胃。对韭菜，简直是恨之入骨。只那股子气味，就让人讨厌。刘以敏也包饺子，但是喜欢用韭黄，加点虾仁，加点鲜肉，加点鸡蛋，加点香菇。刘以敏的饺子自然是美味的，但是人这东西，就是这样奇怪。味觉的记忆，就是这么顽固。时间长了，刘以敏终于妥协了。刘以敏开始尝试着包韭菜馅饺子，开始学着做大白菜，做红红亮亮的红烧肉，竟是越做越出色了，害得一家老小，尤其是费老爷子，最是好这一口，越发离不开了。刘以敏兴兴头头地忙活，老费津津有味地吃。老费倒是从来不曾问过，刘以敏是不是真的热爱上了韭菜和大白菜。

　　老费起身给自己沏了一杯茶。茶不能空腹喝。这是刘以敏的规矩。还有，每天晨起喝一杯白开水，晚上吃一粒金维他，每天叩齿多少下，每天提肛多少回，肉吃多了要清胃火，一周吃一次杂粮粥清肠子……一堆的繁文缛节条条框框。如今，老费是早已经不管这些了。一个人过的好处就是，自由。一个人吃饱了，全家不饿。精神上的自由倒在其次。躺在床上，想什么，不想什么，全没有人管。重要的，还是身体上的自由。就像平日里人们调侃的，男人三大得意事，升官发财死老婆。老实说，在刘以敏时代，尽管老费有种种不如意，但还是没有真正越过那条线。要说精神出轨，那就不好说了。老费也是血肉之躯，也是心思细腻满腹才情，圈子里，老费大小也是一个人物。老费的内心世界五彩斑斓丰富多姿，这不是老费的错。比方说这茶，是上好的君山毛尖，便是那个漂亮的湘妹子寄来的。湘妹子是大学老师，在长江之畔仰望京华烟云，仰望京华烟云中的核心期刊主编老费，冠盖满京华，担忧寄情不达，便寄了君山毛尖，并附一句：凝恨对残晖，忆君君不知。老费一面品茶，一面品诗，舌尖心底，其中的百般滋味，就不足为外人道了。

老费一面喝着茶，百无聊赖地翻手机。看见易娟那条短信，潦草的，冰冷的，公事公办的，没有一丝感情色彩。改日吧。改日。他想起同易娟讲过的一个段子。当时，易娟一下子就把脸飞红了。易娟白嫩，是那种吹弹得破的皮肤。因此，易娟的脸红就格外地动人。如今的女人，尤其是这个年纪的女人，脸红倒成了一种难得的颜色。女人们都很放得开。酒桌上，不仅仅是善饮，即便讲起段子，都是不让须眉的。直把男人们都讲得哑口无言了。这世道，当真是不得了。老费心里暗暗骂了一句。当初，知道了易娟有家庭，老费反倒有一种莫名其妙的放松。有家庭好啊，好极。这样的女人，前瞻后顾，知道进退，懂得分寸。在这种事上，老费不想麻烦。老费看着易娟吞吞吐吐的样子，一颗心就完全放下来了。真的。放松之余，还有一种——怎么说呢——隐秘的快感，邪恶的，疯狂的，侵犯的，带有一种摧毁什么以及颠覆什么的粗鲁的豪情，还有悲壮。妈的。也不知道怎么回事，真是莫名其妙。

这都是后来的事情了。

跟刘以敏离婚以后，有一度，老费觉得自己都快挺不过去了。婚姻这东西，真是奇怪得很。仿佛身体的一半被生生砍了去了，血肉模糊。又仿佛一颗蛀牙，被拔掉之后，依然会疼得钻心，那种空洞的疼痛，让人不由自主地拿舌头去舔，却一次次扑了空。舔过之后，只有更深刻的疼。这是老费没有料到的。女儿判给了刘以敏。老费并没有争。女孩子跟着母亲，毕竟方便得多。没有了刘以敏和女儿，这三居室的房子显得格外地空旷。连电话铃仿佛都有空洞的回声，盘旋不去。钟表滴滴答答滴滴答答，分外清晰，连成一条线，带着锋利的硬度，把时间切割得七零八落，叫人惊心动魄。老费在屋子里走来走去。拖鞋敲击着木地板，在寂静的房间里响起，橐橐橐，橐橐橐。活了半辈子，空热闹一场，到头来，还是剩了孤零零一个人。人这一生怎么说呢？

房子还是老费单位分的福利房。老费忙。装修全是刘以敏的事。刘以敏心细，眼又高，房子装修得十分漂亮，引了很多人来观摩，一时间成了朋友间流传的样板房。有话说，男人两大累，离婚和装房子。这两样，老费倒是都不曾有体会。婚离得手起刀落，干净利索。房子也没有介入一个手指头，一身轻松。有朋友提起来，不免有些眼红，说老费这家伙，真是便宜了他！

老实说，私心里，老费不愿意把易娟往家里带。老费不是矫情。真不是。老费是有障碍。心里总有那么一个小东西伸出藤藤蔓蔓，牵牵绊绊的。可是易娟不依，闹着要去家里看看。老费最看不得她娇嗔的样子，心里一软，就答应了。

第一回带易娟回家，老费表面上从容，心里却是慌乱得不行。这房子里，一桌一凳，寸布缕丝，怕是连一颗钉子，都有刘以敏的手泽吧。老费到底是心虚，总觉得，刘以敏的眼睛就在不知什么地方，看着。还有女儿。女儿长得像老费。眼睛不大，却黑漆漆的，棋子一般，特别的亮。

老费把灯都关掉了。易娟笑他老土鳖，笑得花枝乱颤。老费看着黑暗中那横陈的玉体，山是山水是水，山重水复，忽然一下子恼羞成怒。

送走易娟，老费把家里的床单枕套都洗了。老费学着刘以敏的样子，清洗，消毒，熨烫。老费把家里里里外外都清扫一遍。沙发套也换了。杯子放进消毒柜。窗子半开着，夜风莽撞地吹过来，凉爽得很。老费大汗淋漓地坐在沙发上，累得直喘粗气。空气里弥漫着消毒水的味道。

易娟。真没想到，易娟竟是这样的好。想起易娟那个疯样子，老费心里痒痒的，又恨恨的。这么多年，看来真是白活了。洗过的床单在阳台上飘飘曳曳，像旗帜，欲望的旗帜。夜月一帘幽梦，春风十里柔情。所有这些，都超越了老费的人生体验。老费半闭着眼睛，回味着方才的种种，觉得犹如新生。女人这东西，真他妈的妙不可言。老魏。难怪了。老魏是情场老手，在高校里，是著名的灰太狼一匹，不知道有多少美羊羊落入过他的虎口。这易娟，难不成已经——不会，应该不会。老费想起老魏那个光灿灿的秃顶，仿佛罩着一圈佛光。妈的老魏！

易娟。她现在做什么呢？看来，这个周末，是没有什么意思了。

午睡起来，老费有一些萎靡。下午的阳光照过来，透过窗前的植物枝叶，一地乱影斑驳。老费木着一张脸，目光茫然。窗子半开着，有风从树梢上掠过。对面工商银行的招牌把阳光反射过来，落在铝合金窗子上，两个光斑亮亮的，晃人的眼。手机叮的一声响。老费抓过来看，是师弟的短信。不用问，八成又是论文的事。师弟在一所高校当老师，一心想早日晋升教授。可是杂志是双月刊，用稿量有限。况且，前面有多少人排着呢。再细看时，才知道有好几个未接电话，短信也有一堆，原来方才午睡，他设置了静音。电话有的必须立刻回复，有的呢，须得斟酌一下，还有一些陌生号码，是根本不予理睬的。左不过是一些个人，辗转托了关系，求他发稿子。或者是诈骗电话也未可知。这年头，什么事情遇不到呢。短信也挑选着回复了。这不能怪他。在这个位置上，他必得学会选择，有所为，有所不为。要是来者不拒，那还了得！处理好这些电话短信，老费胸中的那一股子豪情又慢慢升起来。人于世当有为。男人嘛，总归是要做一些事情。做事情，总归要有一方阵地。就仿佛唱戏，总少不得戏台子。而今，这刊物就是他老费的戏台子。唱什么，如何唱，老费胸中有数。不用思量今古，俯仰昔人非。一个人，尤其是，一个男人，把社会关系梳理好了，其他的都会迎刃而解。

　　袁爷的电话打过来的时候，老费正在练字。袁爷说晚上聚聚，六点，老地方。

　　老费一手拿着毛笔，一手叉腰，退后两步，眯着眼睛看刚写好的那幅字。以德润身。这个德字，用笔有些怯了。今天状态不对。也不知道怎么回事，不似平日里心静神定。袁爷在，一定会有万红。袁爷是谁？袁爷是圈子里的老大，江湖上人称袁爷，霸王一般的人物。坐着学界的头一把交椅，又是官方的大红人。各种头衔一大堆，报纸刊物上的个人简介，恐怕是几行都排不下。在这个位子上，资源丰富，人脉极广。轻易不说话。一言既出，一句顶一万句。这个时代，精神和物质之间的相互转化，超出了一般人的想象力。在京城，文化更是如鱼得水，有多少人打着文化的幌子混饭吃？文化的冠冕之下，是叮当作响白花花的银子。文化中心的名头，也不是浪得的。袁爷这个人，对同代人有些苛责，然而，在对待后学上，却是十分地肯提携。圈子里那些个名字如雷贯耳的，有多少人没有受过他的恩泽？那些初出茅庐的后生小子，更是对袁爷恭谨顺服，持弟子礼。围绕着袁爷，有一大批门生晚学，遍布全国各大高校学术重镇，人称袁派。这袁派兼容并包，以学院派为主，吸收各流派之优长，少门户之见，势力极大。袁爷还有一个好处，是为人低调。然而在个位置上，再怎么低调，气焰却是盛的，如何能压得住？翻手为云，覆手为雨。袁爷的宽袍大袖，手挥目送，想捧谁捧谁，岂不是谈笑间的琐务？万红呢，是著名的交际花，云雨际会，风月无边。在学术位置上，还抱有一些不切实际的幻想，自然懂得如何同袁爷交好。据说，尽管袁爷阅尽人间春色，万红却以一当十，依然是独擅专宠。圈子里，谁不知道，万红是袁爷的女人？万红。老费把毛笔一掷，去洗手。

　　手头还有万红的一篇稿子。坦率地说，万红的文章，实在是不敢恭维。可话又说回来，自古以来，有几个先机占尽才貌双全的？淹然百媚的万红，纵有风情万种，却根本就没长着做学问的脑子。把学术文章写得像抒情散文，动不动就潸然泪下，就心疼肝儿疼，满纸都是小女子的矫情和装腔作势，同那正大严肃的论文题目对照起来，有一种强烈的戏剧效果，简直让人哭笑不得。也不知道她当年的博士学位是怎样拿下来的。真是难为了她。当然了，会者不难。在某些方面，万红自有其过人之处。圈子里，凡是有头有脸的人物，有几个不曾领教过万红的厉害？私下里聊起来，仗着酒盖着脸儿，大家不免就有些忘形，编排一些个七荤八素的段子，句句都语义丰富，让人浮想联翩。也有人喝多了，越性儿做起了排列题，刚起了头儿，便被年纪长些的喝止了——都是读书人，风雅固然重要，但斯文还是要紧的。自然了，这种玩笑，一定不能当了袁爷。袁爷的面子，大家还是顾忌的。

其实呢，万红也曾经向老费有过这样那样的暗示。老费一面假意周旋着，心下却清楚得很，兔子不吃窝边草。跟万红在同一个单位，一旦稍有不测，后患无穷。这是其一。其二，万红是谁？她背后的裙带关系，缠缠绕绕，剪不断理还乱，弄不好就牵了这个，绊了那个——都是朋友，老费不想惹麻烦。更何况，还有袁爷。即便是袁爷襟怀阔大，览尽天下，可袁爷是男人。这世上，有对女人不介意的男人吗？众人觉得神不知鬼不觉，谁知道会哪一天东窗事发？倘若是袁爷对这个女人不认真也就罢了，若是真的有那么一点真心，或者是，仅仅是男人的嫉妒心抑或是自尊心，就完了。为了一个女人，不值。当然了，对万红，老费不是没有想法。英雄难过美人关。何况老费不过是一介凡夫俗子。万红是一个骚货。这世界上，有哪一个男人不喜欢骚货呢？

这些年，虽则是倚马立斜桥，满楼红袖招，但老费有一个原则，圈子里的女人，不动。老费这个人，好就好在有底线。一则是，老费不喜欢送上门的女人。在女人方面，老费喜欢征服感。圈子里那些个投怀送抱的，老费不过是碍着面子，敷衍一下罢了。二则是，老费谨慎。哪怕是在外面如何欢场跌宕，圈子里的清名，他还是要顾及的。他年纪还轻，前程正长，这种事，放下去四两，提起来却有千斤。不说那些暗中的对立面，单是那些觊觎这个位子的人，他数得过来吗？还有，这几年，他是太顺了一些。从学术地位到仕途升迁，几乎是青云直上。太过则损。他深通此道。如此说来，离婚一事，竟是他生活中唯一的瑕疵了。也好。如此也好。结婚的念头，却不曾有过。对婚姻这东西，他是有些胆怯了。这些年，老费不是没有遇上过钟情的女人。比方说，易娟。老费真是迷恋得很。然而，易娟不同。两个人虽在一个城市，可隔行如隔山。中间横着千山万水呢。这期间的行止进退，老费懂。

浴室里的顶灯坏了，老费也懒得换。只有一个镜灯，兀自发出昏黄的光。老费洗完手，转身拿毛巾的时候，脚下打滑，趔趄了一下，幸亏还算敏捷，扶住了浴缸的边缘，却被大理石台面的棱角碰了胳膊肘。老费觉得一阵酸麻，低头一看，竟然破了皮。妈的。老费心里恼火，到卧室里找药。

刘以敏的小药箱，老费基本上没有动过。刘以敏在的时候，轮不着他动，小药箱是刘以敏的专利。刘以敏不在的时候，老费也很少想到它。有个头疼脑热，扛一扛也就过去了。老费身体还不错。有时候，老费想，刘以敏为什么要把她这个宝贝留下来呢？她干吗不带走？但是，老费没有问过。在离婚这件事上，老费的话不多。刘以敏说，她要女儿。老费就把女儿给了她。刘以敏说，她不要房子。老费就把房子留下来。刘以敏说，她把家中的存款拿走一半。老费就让她拿走一半。刘以敏说，女儿的抚养费，老费不用管。这一回老费没有答应她。他老费的女儿，凭什么不让老费出抚养费？当时，老费还愤愤地想，刘以敏如此刚硬，八成是准备结婚了。可是，很久之后，也没有听到刘以敏结婚的消息。老费想，怎么回事？难不成……

十

据说，刘以敏照例每个周末都去看父母——而今，应该是前公婆了。刘以敏却没有改口。依然是一口一个爸，一口一个妈，又亲热又自然。倒是有一回老费听见了，觉得颇不自在。那一回，老费一进门，便觉得家里的气氛不一样。热闹的，拥挤的，有一点纷乱，却是安宁的，家常的，世俗日子的气息。门口一大一小两双鞋，大大咧咧的，是那母女俩的。刘以敏扎着围裙，挽着袖子，整个人热腾腾的，在厨房里进进出出。刘以敏胖，爱出汗。看见老费，说来了。是陈述句。也不等他回答，就又忙去了。老费想起了《红楼梦》里那句话，体丰怯热。是宝玉说宝钗的，一不小心，痴公子惹恼了宝姐姐，还招来林妹妹的笑话。老费曾经跟刘以敏说起过，刘以敏哦了一声，说什么乱七八糟的。老费讨个无趣，知道是鸡同鸭讲。刘以敏是药剂师，只精通药理——怪不得她。厨房里传来高压锅噗噗噗的响声，还有锅铲在炒勺里乒乓的碰撞。老费把文件放在迎门的小茶几上。旁边是一兜赣南脐橙，一只蜜柚，一大盒金施尔康，两瓶深海鱼肝油。刘以敏的手套在旁边胡乱躺着。费老太太见了儿子，高兴地朝屋里喊，甜甜，看谁来了？女儿正在电脑前忙碌，根本没有时间理会大人们的一惊一乍，眼皮抬了抬，敷衍道，爸。就没了下文。费老太太嗔道，这孩子——看不把眼睛看坏喽。张罗着把儿子的外套挂起来，给儿子倒水，把儿子毛衣上的一个线头仔细摘去。然后，朝着厨房的方向使了个眼色，压低嗓音说，小敏在——不去看看？老费心里有些怨母亲的噜苏，离都离了，还这么撮合。看着母亲眼巴巴的样子，倒不忍心了。当初，离婚的时候，是瞒着老人，先斩后奏的。费老爷子为此大病一场。好长一段日子，不让老费进家门。老费也不解释。费老太太夹在父子两个中间，怕气着老伴，又心疼儿子。儿子轻易不来，来了呢，就有那么一点上赶着巴结的意思了。人老了，在儿女面前，是不是都是这样？老费问，爸呢，怎么不见爸？费老太太拿下巴颏指了指阳台，说那不是，伺候他那小乌龟呢。刘以敏把一盘菜端上餐桌，说，开饭了。
老费本来不打算吃饭的，这时候倒不好走了。后来，老
费总是想起那一天的情景。一家人围着吃饭。女儿叽叽
喳喳地说着学校的那些事儿。费老爷子就着红烧肉，慢
悠悠地喝他的二锅头。费老太太一个劲地给刘以敏夹
菜。老费把脸埋在碗里，偷眼看刘以敏，她倒是坦然自
在。老费就恍惚了。

十一

　　周末，北京的交通简直让人发疯。老费赶到的时
候，一干人早已经到了。袁爷一身布衣，叼着烟斗，在
主位上，斜靠着，照例是那一种散淡风度。见了老费，
说，老费，恭候多时了。其他几个人连忙立起来，叫老
弟，费兄。老费说迟到了迟到了，有劳诸位久等。在座
的都闹起来，说是要罚酒。老费仔细一看，袁爷身旁坐
的那一位，不是万红。正心下纳罕，见那女人已经立起
来，颤巍巍向他敬酒了。老费连忙干了。周围一片叫
好。原来那女人也一饮而尽。老费心想，果然又是个厉

害角色。袁爷只管笑眯眯地吸着烟斗，从旁看着。那女人生得十分标致，端正，清雅，有那么一种让人心动的书卷气。说话的时候，微微有一些羞涩。他妈的老袁，真是艳福不浅。关于袁爷的风流账，圈子里都心知肚明。自古风流多文士。读书人，尤其是，有点名气的读书人，有哪个不是柳暗花明满天星斗的。袁爷那腆胸叠肚脑满肠肥的样子，真是白白玷污了这些个女子了。正胡思乱想，听见袁爷在接电话，软声软语，涎着一张脸，纠缠不休，是调情的意思了。老袁这厮，也不知道避人。偷眼看那女子，波澜不惊，倒是镇定得很。这女人，说不定也是久经欢场磨砺，百毒不侵了。众人都凑趣地说笑，大谈时局政治，时不时地语出惊人。细看时，每一位身旁，都带了一个女子。粉白黛绿，各有风姿。再看在座的众人，都是圈子里的核心人物，知道是小范围聚会，百无禁忌。老费就有些后悔，怪自己思虑不周，这种场合，唯独自己一个孤家寡人，不合群不说，倒显得生分了。有一个女孩子过来，替老费斟酒。一双手嫩葱一般，跷着兰花指。老费待要仰面细看时，只听袁爷在对面笑道，老费，这美人儿赏你了。众人笑。老费顺势大大方方握住那只手，凑趣道，美人若如斯，何不早入怀？大家都起哄，逼着他们这一对儿立时三刻喝了交杯酒。袁爷握着烟斗，笑吟吟地看着。身旁的那标致女子周到地为他布菜，一对镯子在腕上叮当乱响。老费趁着酒意，仔细端详那女子，不觉得呆了。比起万红，这女子娇而不媚，更多了一种风流旖旎，眉目如画，明艳不可方物。都说风月无边，怪不得众人身在此中，沉醉不知归路。吃完饭，大家照例去银柜。袁爷兴致很好。看样子，同这女子，尚是新交。

中途的时候，老费出来透口气。歌房里嘈杂得厉害，封闭的空间让人窒息。人们唱的唱，跳的跳，光影投射在如醉如痴的人们身上，有一种末日般的狂欢的气息。走廊里灯光幽暗。有侍应生端着托盘，鱼儿一般穿行。喧嚣的声浪隔了一重门，显得遥远而虚幻。老费抽着烟，看着中厅里那个巨大的鱼缸出神。喝了不少酒，脑子里昏沉沉的。回想方才那女子被袁爷拥着跳舞的样子，心里不由得叹一声。有人从旁边走过，一面走，一面对着手机说话。老费听那声音，脑子里仿佛划过一道闪电。刘以敏！

幽暗的灯光下，老费还是看清了刘以敏的背影。刘以敏穿一件黑色小礼服，改良的中式设计，含蓄典雅，衬了雪样的肌肤，真当得起珠圆玉润这几个字了。高高挽起的发髻，银色的高跟鞋，银色的手袋，走起路来，称得上袅娜了。刘以敏对着手机自顾说着话，并没有注意鱼缸后面的老费。刘以敏。人靠衣裳马靠鞍。刘以敏打扮起来，竟真的是不一样了。这个时间，周末，刘以敏应该在家陪女儿做功课。她在这里做什么呢？

刘以敏那冗长的电话还在进行。她走走停停，后来索性在走廊尽头的沙发上坐下来。雪白的一双腿优雅地交叠着，把手机从左手换到右手。老费悄悄躲进洗手间，给女儿拨电话。刚响了一声，就通了。女儿在那头淡淡地说，有事吗老爸？老费拐弯抹角地噜苏了半天，才装作无意间问起女儿的妈妈，女儿说，妈妈有事。老费说，妈妈有事，你做完功课就早点睡觉，明天还上学呢。

老费再过来的时候，刘以敏已经不见了。

十二

窗子半开着。薄纱的窗帘微微拂动，有植物的气息弥漫开来，潮湿的，蓬勃的，带着一股子微微刺鼻的腥气。老费住的是一楼。当初买房子的时候，是老费执意坚持的。为了这个，还同刘以敏起了争执。刘以敏嫌一楼潮，采光不好，又杂乱。金三银四，这是楼房的常识。老费呢，私心里，是喜欢窗外那一小片空地，可以用篱笆围起来，侍弄些花花草草。巴掌大的一小片地，说出来，就没有那么冠冕堂皇。可刘以敏还是妥协了，尽管事后常常忍不住把这件事拿出来，挂在嘴上。但抱怨归抱怨，老费把新鲜蔬菜水灵灵地摘回来送进厨房的时候，刘以敏的唠叨就明显地软弱了许多。这个季节，应该是小葱和菠菜的季节，还有韭菜，春韭嘛。春卷，韭菜合子，韭菜饺子，都是刘以敏的新功课。韭菜这东西，生发阳气，是这个季节的时令菜。老费下班回来，往厨房里探一探，说，韭菜合子——好啊。刘以敏两只手占着，就飞起一脚，啐道，去。刘以敏扎着那条细格子围裙，越显出窈窕的腰身，头发胡乱挽起来，有一缕掉在额前。那个时候，是他们新婚不久，还没有甜甜。

刘以敏，公正地讲，以一个男人的眼光，银柜夜晚的刘以敏，还是有动人之处的。刘以敏怎么就魔幻般地，瘦了？这真是莫名其妙的事情。还有那气质风度，竟完全是陌生的。刘以敏，这个跟自己耳鬓厮磨了半辈子的女人，什么时候脱胎换骨了？老费很记得，刘以敏喜欢安静。那么，喜欢安静的刘以敏，她在银柜做什么呢？

十三

这一片小区，是 20 世纪 80 年代的楼房。灰蓝的色调，旧是旧了，倒让人觉得有一种老派的踏实。偶尔遇上一两个老邻居，不免要寒暄几句。学术上的事，人们自然不懂，也不关心，倒是聊起刘以敏来，都兴致勃勃的。直夸老费家儿媳妇孝顺懂事，老费家真是上辈子修来的福啊。老费嘴上嗯嗯啊啊地应着，谦虚不是，不谦虚也不是。他拿不准，这个楼里的老邻居们，有多少人知道他的婚变。自从离婚以后，每次回来，老费都有些躲躲闪闪。是怕人家关心。离婚嘛，终究不是什么好事。自然了，也算不得什么坏事。这年头，还有什么值得大惊小怪的呢？

一进门，屋子里静悄悄的。门厅的桌子上，放着那只蛋青色的面盆。往客厅里张一张，也是静悄悄的，没有人声。老费正纳闷，往地上一看，拖鞋都在。知道是都出去了。老费心下不由得松了一口气。看看表，四点十分。老费就把外套脱了，去客厅里翻报纸。

翻了一回报纸，觉得无聊。老费点了一支烟，慢慢踱到门厅，掀起那面盆上的湿布，一块面团正饧着。厨房里，韭菜洗好了，摊在箅子上沥水。虾仁煸得红红黄黄的，盛在一只玻璃碗中。看这架势，八成是要包饺子。

易娟的短信发过来的时候，老费正在阳台上，看着那一对红嘴儿发呆。易娟说，念。老费心里一动，身上便毛躁起来。却并不着急回复。这女子实在可恨。要煞一煞她的性子才好。

一出楼门，远远地，看见一帮人正往这边走。费老爷子照例是倒背着两只手，费老太太牵着甜甜，刘以敏手里大包小包，时不时换一下手。老费想躲，已经来不及了。只好硬着头皮迎上去，接刘以敏手里的东西。刘以敏闪避了一下，并没有给他。老费就讪讪的，问甜甜一些废话。费老太太见了儿子，笑得合不拢嘴，说怎么要走，晚上包饺子——让小敏做两个菜，你们爷俩喝两盅。

　　老费一面跟母亲敷衍着，一面看着刘以敏拎东西上楼。刘以敏还是那一条牛仔裤——她实在是不适合穿这种紧绷绷的裤子。平底凉鞋，简单朴素得近乎中性。上身呢，是一件体恤，松松垮垮的，完全没有形状。头发随意挽起来，用一根黑色的橡皮筋扎住。老费心里感叹了一声。银柜夜晚的那个刘以敏——莫非是他看错了？手机在口袋里震动，老费拿出来看了一眼。易娟问，在哪里？

十四

　　窗子半开着。暮色一点一点涌进来，屋子里的一切模模糊糊，仿佛一个缥缈的梦。老费歪在沙发上。方才，排山倒海的激情已经完全退潮了，人便好像一只被搁浅的鱼，感到一种前所未有的绝望，还有空虚。空气里流淌着一种东西，黏稠的，微甜的，夹杂着一种类似槐花的微腥的味道。老费懒懒地躺着，想起易娟的某个神情，心里不由得荡漾了一下。个小妖精。当真是厉害。

　　易娟是被手机叫走的。按照原本的打算，老费要请她去吃酸汤鱼。楼下那家菜馆，酸汤鱼十分鲜美，是易娟的最爱。但看到她对着电话支支吾吾的样子，就一下子索然了。他看着易娟麻利地穿衣服，梳洗，整理那只小巧玲珑的包，在床上翻来覆去地找那只水晶耳针，急三火四的，有点乱了阵脚。老费半闭着眼睛，想听她如何解释。却没有解释。老费只觉得额上被潦草地碰了一下，门吧嗒一声，人就不见了。岂有此理。真是岂有此理。易娟她敢这样对他。她竟然也敢。

　　窗外的天色已经完全暗下来了。屋子里黑漆漆的。落地台灯就在沙发一旁，但他懒得伸手。想着易娟的不辞而别，老费胸口闷闷的。然而，话又说回来，易娟因何不敢呢？易娟又不是圈子里的那些个女人，她凭什么不敢？况且，易娟是有夫之妇不假，也或者，老费之外，她还真的有情可寄也说不定。可是老费，何曾对她有过半点真心呢？床上辗转跌宕的那一点真心，在坚硬的现实世界中，仿佛阳光下的薄雪，美丽是美丽的，却虚幻得很。即便是空头支票，也从未曾开过。老费是懒得开了。易娟呢，是不是也从来没有过任何期待？愿得一心人，白首不相离。是谁发过这样的短信？仿佛是易娟，也仿佛不是。孔夫子说得对，近之则不逊，远之则怨。看来，自己也算得是小人心态了。

手机屏幕一闪一闪的，仿佛是扑闪扑闪的眼睛。手机咿咿呀呀地唱着。这个时间的电话，左不过是那些个不咸不淡的饭局，无聊得很。这些年，老费算是看清了，热热闹闹一场饭局下来，说了一箩筐，有几句话是真心的呢？天下之大，知我者几何？圈子里，没有永恒的朋友，只有永恒的利益。利益关系勾连的同盟，兄弟，师生，甚至情人，是最真挚可靠的。有时候，仗着酒意，也说过一些个激情血性的大话，粪土这个，粪土那个，仿佛平日里那些孜孜以求的东西，都不过是粪土一堆。而富贵寿考，功名利禄，全是他妈的浮云一片。当真是醉话，不过是吹吹牛而已，又有哪句能够当真？即便真的喝醉了，也不过是借他人的酒杯，浇自家胸中的块垒罢了。纵有千年铁门槛，终需一个土馒头。在很多事情上，老费还是看得破的，可是，这世间很多东西，即便是看破了，又如何放得下呢？

记得有一回，袁爷喝高了，坐在那里指点江山，说着说着竟破口大骂，什么他妈的学术，狗屎！袁爷我在圈子里纵横多年，什么没有见过？旁边的一帮人看他口无遮拦，急得直说醉了，袁爷醉了。赶忙着人来伺候袁爷去醒酒。座中都是官方的头面人物，听由袁爷放肆，不呼应，也不劝止，顾左右而言他，倒是个个面不改色。只有袁爷，一面被人扶着往外走，一面大声吟道：有情风万里卷潮来，无情送潮归。问钱塘江上，西兴浦口，几度斜晖？众人都说，这是真醉了。袁爷今天高兴！老费想着袁爷那天的醉态，莫名其妙地，觉得那悲慨豁达背后，竟是满怀萧索。在袁爷这个位子上，竟也有这么多不足为外人道的！圈子里，袁爷是谁？袁爷就是一个传说。袁爷的文章，不说前无古人，也算得后无来者了。袁爷学问大，为人又通透。脾气也大，但那要看对谁。此前，袁爷是从来不醉酒的。老费总觉得，从来不醉酒的人，是可怕的。滴水不漏，不露丝毫破绽。这是老费头一回看见袁爷醉酒。

　　老费呢，酒量很好，却知道节制。酒这东西，有时候，即便没有酒量，也不得不喝。有时候呢，就算是酒量再好，也不得多喝。有多少回，老费在人前喝得气壮山河，背了人吐得翻江倒海。黑暗中，摸到了一个冰凉的小东西。遗落的水晶耳针。看来，易娟今天是真的心

神不宁。易娟这一对水晶耳针，还是他从法国带回来
的。易娟当时就戴上了。晚妆初了明肌雪。这水晶耳
针，令整个夜晚都璀璨起来了。那真是一个迷人的
夜晚。

水晶耳针在手掌心里捏来捏去，小水钻一粒一粒
的，有些扎手，但是老费犹自把玩着，让那不规则的小
东西在手掌心里辗转地疼，仍不舍得松开。

电话铃忽然响了。老费吓了一跳，本能地跳起来去
接，刚拿起话筒，却又断掉了。

老费呆呆地在黑影里立着。手掌心里恻恻地疼，大
约是被那耳针扎破了。

老费茫然地发了一会子呆，打开灯，去床头找刘以
敏那只小药箱。药箱里琳琅满目，全是药。老费一个个
挨着看过去，直看得眼花缭乱。说明书上，有各种各样
的标记，曲线，直线，三角，方框，补充说明，着重
号，有蓝色，有红色，是刘以敏的笔迹。药瓶子都是新
的，没有开封。奇怪了。老费把一瓶酒精挑出来，打
开，用棉签涂在伤口上。他激灵灵抖了一下，打了个寒
噤。这一点小伤，想不到还真疼。

CD机里放着一首曲子，是 80 年代的老歌。 80 年

代，那时候，他还在读大学。青枝碧叶般的年纪，那真是他的锦绣年代。诗万卷，酒千觞，几曾着眼看侯王？玉楼金阙慵归去，且插梅花醉洛阳。他始终相信，书斋里的那一盏孤灯，是能够照亮整个世界的。十年窗下，他对未来有多少想象和期待！年少轻狂，年少轻狂啊。

老费半卧在床上，莫名其妙地，忽然就想喝酒。吧台上有各种各样的酒，红酒、洋酒、白酒，都是上好的品质。老费挑了一瓶红酒，自斟自饮。灯光把他的影子映在墙上，有一些超现实的虚幻。床头是一本他的新书，题目大得吓人，装帧却是十分朴素大气，厚厚的，比装饰墙上的仿古青砖还要厚些，一下子扔过去，想必也能砸出人命。算起来，早已经年过不惑，快要知天命了。书出了一大摞，不说是著作等身，也称得上成果颇丰了。半生熟读书卷，自诩勘破了人间正道，怎么还是这样困在局中，不得自在呢？老费把杯子里的酒一饮而尽，忽然间悲从中来。

床头柜的盘子里躺着一只苹果，被从中间切开了，没有削皮。老费对着那苹果看了好一会儿。那被切开的伤口，是不是还是甜的？

一觉醒来的时候，窗子已经透出了淡淡的晨曦。脑子里昏沉沉的，是那种宿醉后的钝痛。房间里的家具渐渐显出了模糊的轮廓。仿佛有市声隐隐传来，喧嚣的，遥远的，繁华的，仔细听时，却又是一片岑寂荒凉。手机忽然唱起来。老费想挣扎着起来拿，却一时动弹不得。只好任它唱。看来，这回是真的醉了。

付秀莹主要创作年表

· 小　说

中篇《我是女硕士》原载《特区文学》（双月刊）2008
年第 2 期

短篇《翠缺》原载《阳光》2008 年第 7 期；《文艺报》
2011 年 2 月转载

短篇《大青媳妇》原载《长城》（双月刊）2008 年第
6 期

短篇《空闺》原载《山花》2008 年第 12 期

短篇《小米开花》原载《中国作家》2009 年第 2 期；
收入《新实力华语作家作品十年选》（时代文艺出版社）

短篇《百叶窗》原载《西湖》2009 年第 4 期

短篇《灯笼草》原载《山花》2009 年 7 期

短篇《当你孤单时》原载《山花》2009 年第 7 期

短篇《跳跃的乡村》原载《黄河文学》2009 年第 9 期

短篇《迟暮》原载《黄河文学》2009年第9期

短篇《爱情到处流传》原载《红豆》2009年10期；
(《小说选刊》《中华文学选刊》《新华文摘》《名作欣赏》《世界文艺》等刊选载，收入《2009短篇小说》（人民文学出版社），《2009中国年度短篇小说》（《小说选刊》主编，漓江出版社）《2009中国小说排行榜》（《小说选刊》主编，北京工业大学出版社），《2009中国文学年鉴》，《21世纪文学大系·短篇卷》，《全球华语小说大系》（21世纪主潮文库，张颐武主编），《小说选刊十年选本》（漓江出版社），《中国当代文学经典必读》（中国现代文学馆，吴义勤主编）等，获首届中国作家出版集团优秀作品奖、首届茅台杯小说选刊年度（2009）大奖、第三届蒲松龄短篇小说奖，收入《二十一世纪中国文学大系》（南京师范大学出版社）

短篇《传奇》原载《钟山》（双月刊）2009年第5期

短篇《现实与虚构》原载《青年文学》2009年第11期

短篇《九菊》原载《朔方》2009年12期

短篇《对面》原载《朔方》2009年12期；《小说月报》2010年第1期选载

中篇《旧院》原载《十月》（双月刊）2010年第1期，获第九届《十月》文学奖

短篇《出走》原载《十月》（双月刊）2010年第1期；收入《2010短篇小说》（人民文学出版社）

短篇《你认识何卿卿吗》原载《大家》（双月刊）2010年第1期

短篇《苦夏》原载《大家》（双月刊）2010年第1期

短篇《琴瑟》原载《文学界》2010年第1期

中篇《世事》原载《朔方》2010年第1期；《北京文学·中篇小说月报》2010年第3期选载

短篇《幸福的闪电》原载《钟山》（双月刊）2010年第2期

短篇《花好月圆》原载《上海文学》2010年第3期；《小说选刊》2010年第4期选载；《中华文学选刊》2010年第5期选载；收入《2010中国年度短篇小说》（《小说选刊》主编，漓江出版社）《2010中国短篇小说精选》（中国作协创研部选编，长江文艺出版社）《中国文学年鉴》（陆建德、白烨主编）《2010年中国最佳短篇小说》（林建法主编，辽宁人民出版社）　《21世纪中国最佳短篇小说（2000—2011）》（贺绍俊主编，贵州人民出版社）

短篇《火车开往C城》原载《广州文艺》2010年第7期；收入《《21世纪中国文学大系，2010短篇小说》（贺绍

俊主编），

短篇《说吧，生活》原载《广州文艺》2010 年第 7 期，获首届《广州文艺》都市小说双年奖

短篇《如果·爱》原载《作品》2010 年第 10 期

短篇《蓝色百合》原载《山花》2010 年第 10 期

短篇《六月半》原载《人民文学》2010 年第 12 期；《小说选刊》2011 年第 2 期选载；收入《2011 年度中国短篇小说》（《小说选刊》主编，漓江出版社），收入《2010 中国短篇小说年度佳作》（何向阳主编，贵州人民出版社），《中国当代文学经典必读》（中国现代文学馆，吴义勤主编），登中国小说学会"2010 年度中国小说排行榜"。

短篇《锦绣年代》原载《天涯》（双月刊）2011 年第 1 期；《中华文学选刊》2011 年第 3 期选载；收入《中国短篇小说年度佳作 2011》（贺绍俊主编，贵州人民出版社）。

短篇《风中有朵雨做的云》原载《朔方》2011 年第 2 期

中篇《红颜》原载《十月》（双月刊）2011 年第 2 期，收入《2011 中国中篇小说年选》（谢有顺主编，花城出版社）

短篇《蜜三刀》《红豆》2011 年第 5 期

短篇《三月三》《中国作家》2011 年第 6 期，获第五届《中国作家》鄂尔多斯文学奖

短篇《如意令》《江南》（双月刊）2011 年第 4 期

中短篇小说集《爱情到处流传》（中文版）作家出版社，2011 年 11 月

中篇《秋风引》，载《江南》（双月刊）2012 年第 1 期，《中华文学选刊》第 4 期、《中篇小说选刊》第 1 期选载

中篇《笑忘书》，载《十月》（双月刊）2012 年第 2 期

短篇《当时明月在》，载《芒种》2012 年第 3 期

短篇《有时岁月徒有虚名》载《光明日报》2012 年 2 月 10 日

中篇小说集《朱颜记》二十一世纪出版社，2012 年 4 月

短篇《夜妆》，载《文艺报》2012 年 7 月 9 日

中篇《无衣令》，载《芳草》（双月刊）2012 年第 4 期，《小说选刊》2012 年第 8 期选载，《小说月报》9 期选载，《作家文摘》7 月 31 日始连载。

中篇《旧事了》，载《芳草》（双月刊）2012 年第 4 期，《中华文学选刊》2012 年第 9 期选载

中短篇小说集《爱情到处流传》（英文版）美国全球按需出版集团，2012 年 9 月

短篇《那雪》，《天涯》（双月刊）2012 年第 5 期，《小说月报》第 11 期转载，收入《中国短篇小说年度佳作 2012》

（孟繁华主编）

中篇《如何纪》《大家》2013年第1期

短篇《韶光贱》《文学界》2013年第3期

中篇《醉太平》《芒种》2013年第7期《小说月报》2013年第8期转载，收入《2013年度小说》（胡平主编）、《2013中国短篇小说年选》（洪治钢主编）

中篇《刺》《芳草》2013年第5期

短篇《小年过》《芳草》2013年第5期，《作品与争鸣》2013年第11期选载

短篇《曼啊曼》《芳草》2013年第6期，《小说选刊》2013年第12期选载，收入《2013中国年度短篇小说》（小说选刊主编）《2013中国小说排行榜》（小说选刊主编），《中国短篇小说年度佳作2012》（孟繁华主编），《2013中国短篇小说排行榜》（贺绍俊主编）

短篇《鹧鸪天》《天涯》（双月刊）2014年第1期《中华文学选刊》2014年第3期选载

小说集《花好月圆》出版，中国言实出版社，2014年1月，入选"经典中国"国际出版工程

短篇《绣停针》《长江文艺》2014年第7期，入选《2014中国短篇小说排行榜》（贺绍俊主编，百花洲文艺出

版社）

短篇《小阑干》《十月》（双月刊）2014年第4期

小说集《锦绣》出版，山东文艺出版社，2014年9月

短篇《一种蛾眉》《作品》2014年第9期，《小说月报》2015年第1期选载，获《作品》杂志好作品奖

短篇《惹啼痕》《北京文学》2014年第11期

中篇《红了樱桃》《芒种》2014年第12期，《小说选刊》2015年第1期选载

小说集《爱情到处流传》（台湾版）出版，台湾人间出版社，2014年12月

短篇《除却天边月》，《广州文艺》2015年第3期

短篇《好事近》，《文学港》2015年第3期

短篇《道是梨花不是》，《青海湖》2015年第4期，《小说月报》2015年第7期选载

短篇《多事年年二月风》《福建文学》2015年第6期

小说集《花好月圆》英文版出版，2015年6月

短篇《减罗裙》《创作与评论》2015年第7期

短篇《回家》《十月》（双月刊）2015年第5期，台湾联合报系北美世界日报《小说世界》转载；收入《中国短篇小说年度佳作2015》，孟繁华主编，贵州人民出版社

短篇《定风波》《作家》2015 年第 10 期

中篇《绿了芭蕉》《芒种》2015 年第 11 期

《找小瑞》《芳草》（双月刊）2015 年第 6 期

短短篇《人间四月》，《星火》，2016 年第 1 期。

短篇《不知何事忆人间》，《大地文学》，2016 年第 1 期。

短篇《刹那》，《回族文学》，2016 年第 2 期。

长篇小说《陌上》，《十月》2016 年第 2 期刊出，单行本由北京十月文艺出版社 2016 年 10 月出版。

短篇《尖叫》，《广西文学》2016 年第 7 期，

短篇《那边》《芙蓉》2017 年第 1 期，《小说选刊》选载，收入 2017 短篇年选。

中篇《秋已尽》2017 年第 11 期，《芒种》2017 年第 11 期，《中篇小说选刊》2017 年增刊第 2 期选载

·随 笔

《梦想一把柔软的刀》，《十月》2010 年第 1 期

《如果小说是一棵树》——《世事》创作谈，《北京文学. 中篇小说月报》，2010 年第 3 期

《别忘记写作》，《山花》2010 年第 2 期

《暗夜，在细雨中旅行》，《西湖》2010年第12期

《在内心里越走越远》，《作家通讯》2010年第7期

《谁能说出真相》——《如果·爱》创作谈，《作品》2010年第7期

《语文课》，《课外语文》2011年第1期

《西湖，梦，以及其他》，《西湖》2011年第4期

《写作是内心的旅行》，《作品》2011年第3期

《春天：和我的小说们谈谈》《作家通讯》2011年第5期

《作家是寻找语言的流浪者》《光明日报》2011年5月16日

《惟有归来是——〈蜜三刀〉创作谈》，《红豆》2011年第5期

《经典在我们心中》，《回应经典：70后作家小说选》（江苏文艺出版社）

《重新发现世界的秘密》，《小说选刊》2011年第11期

《时代的隐痛及其艺术表达》，《小说选刊》2012年第1期，《文艺报》2012年1月30日

在一个人的命运中辗转难安——《秋风引》创作谈，《中篇小说选刊》2012年增刊第1辑

《冲决"公共想象"的牢笼》，《小说选刊》2012 年第 6 期，《文艺报》2012 年 6 月 15 日

《流言：也说女作家》，《文艺报》2012 年 8 月 10 日

《走读西吉》，《朔方》，2012 年第 11 期

《时代精神境遇的一种隐喻》，《小说选刊》2012 年第 11 期

《底层叙事：艺术的可能性》，《小说选刊》2012 年第 12 期

《奇遇：短篇的馈赠与暗示》，《文艺报》2012 年 11 月 26 日

《一条路究竟有多长》，《文学界》2013 年第 3 期

《沈从文：怀抱一份动人的自负》《博览群书》2013 年第 5 期

《芳村的现实与虚构》《文艺报》2013 年 6 月 10 日

《椰子树上结椰子》《山花》2014 年第 5 期

《多年前的烛光闪烁》《文艺报》2013 年 8 月 12 日

《在城市的灯火中回望乡土》《光明日报》，2013 年 8 月 23 日

《秋到上林湖》《十月》2014 年第 2 期

忽相遇——小说集《爱情到处流传》繁体版后记台湾人

间出版社，2014 年 12 月出版

《忽然间黄昏变得明亮》《天涯》2015 年第 1 期

《采中国风，品人间味》《文艺报》2015 年 3 月 4 日

《无家可归，或者为什么还是芳村》《青海湖》2015 年
第 4 期，

《父亲与酒》《文艺报》2015 年 10 月 16 日

《她内心的风声你听到了吗》《青年文学》2015 年第
12 期

《秋的济南》《人民日报》2015 年 11 月 28 日

好小说的魔法——2015 短篇年选序言现代出版社，
2015 年 12 月出版

《遇见了大明湖》，《人民文学》2016 年第 1 期

《惊鸿一瞥的光阴》，《学习时报》2017 年 2 月 19 日

《找到回家的路》，《青年报·新青年周刊》2016 年 11
月 13 日

《唯有故乡不可辜负》，《文艺报》2016 年 11 月 16 日

《陌上》与一个时代的新乡愁，《河南日报》2017 年 1
月 9 日

《中国村庄的日日夜夜》，《光明日报》2017 年 1 月 10 日

《打春》，《光明日报》2017 年 2 月 3 日

《我与语言的私密关系》，腾讯文化 2017 年 2 月 6 日

《写尽天下人的心事》，《广州文艺》2017 年第 2 期

《多年前的电话忽然想起》《小说选刊》2017 年第 3 期

《人生看得几清明》，人民日报海外版，2017 年 4 月 1 日

《我为什么执着地书写中国乡村》，《学习时报》2017 年
8 月 4 日

《那一江春水飞溅》，《人民文学》2017 年第 8 期

《秋已尽，日犹长——〈秋已尽〉创作谈》，《中篇小说
选刊》2017 年增刊第 2 期